DADDYS JUNGFRÄULICHES KINDERMÄDCHEN

EIN SINGLE-DADDY & KINDERMÄDCHEN
LIEBESROMAN (GERETTET VON DEM ARZT 3)

JESSICA FOX

INHALT

Veröffentlicht in Deutschland:

Von: Jessica F.

© Copyright 2021

ISBN: 978-1-64808-929-9

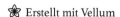 Erstellt mit Vellum

KLAPPENTEXT

Prämisse:

Als der Vater einer dreijährigen Tochter seine Frau an den Krebs verliert, nimmt er sich ein Jahr frei, um zu trauern. Als der Neurochirurg bereit ist, seine Arbeit fortzuführen, tritt er eine Stelle am Saint Christopher's General Hospital in Seattle, Washington an.

Er stellt eine junge Frau als Kindermädchen ein, die gerade ihr Studium beendet hat, und findet ihre Unschuld bezaubernd. Sie ist Jungfrau und hatte noch nie einen Orgasmus. Trotzdem fühlen sich die beiden sofort zueinander hingezogen. Aber Kindermädchen sollten sich nicht mit ihrem Chef einlassen.

Als der Arzt eines Tages von einem Auto angefahren wird, befürchtet sie, ihn zu verlieren. Seine einstigen Schwiegereltern kommen, um seine Tochter mitzunehmen, weil sie denken, dass es das Beste für sie ist. Das Kindermädchen bleibt allein in dem großen Haus, das zu einem Zuhause für sie und den Mann und das Kind, die sie beide liebt, geworden ist.

Wird er überleben und wenn ja, kann ihre Liebe weiter bestehen? Oder wird sie ihn und das Kind, das sie inzwischen als ihr eigenes betrachtet, endgültig verlieren?

Sie war für mich da, aber sie sollte mich nicht so empfinden lassen, wie sie es tat ...

Als meine Frau starb, blieb ein Loch in der Größe von Texas in meinem Herzen zurück.

Allein mit unserer kleinen Tochter brauchte ich Unterstützung.

Dann fand ich sie.

Oder hat sie mich gefunden? Sie war jung, wunderschön, ungewöhnlich weise für ihr Alter und bewahrte mich vor einem schrecklichen Fehler.

War es trotzdem falsch, dass ich sie engagierte und zu mir nach Hause brachte?

Zumindest fühlte es sich nicht wie ein Fehler an, als ich sie in meine Arme nahm und ihr zeigte, wie es ist, eine Frau zu sein.

In meinem Leben habe ich gelernt, dass immer dann, wenn es gut läuft, etwas passiert, das alles zerstört.

Würde mir das wieder passieren?

Mich nach meinem Chef zu verzehren war nicht das, was ich tun sollte ...

Ich hätte ihn nicht so ansehen sollen, wie ich es tat.

Alles an dem Mann faszinierte mich.

Wenn er mich berührte, passierten in meinem jungen, unschuldigen Körper unvorstellbare Dinge.

Er brachte mir Dinge bei, von denen ich nicht einmal wusste, dass es sie gab.

Er nahm mein Herz und machte es zu seinem Besitz, genauso wie er es mit meinem willigen Körper tat.

Aber er schien verflucht zu sein, wenn es um die Liebe ging.

Und ich musste mich fragen, ob dieser Fluch auf mich übergehen würde.

Wäre unsere Liebe von Dauer ... oder würde sie mit einer Tragödie und einem Verlust enden?

1

ALEX

Es regnete leicht, als ich das Saint Christopher's General Hospital in Seattle betrat. Ich war dort, um mich mit dem Vorstand zu treffen und die Erlaubnis zu erhalten, im Krankenhaus zu praktizieren, aber ich freute mich nicht darauf, jemandem meinen Fall vorzutragen.

Sie war vor einem Jahr gestorben und ich war bereit, mit meinem Leben weiterzumachen. Aber gab es Widerstände dagegen, dass ich wieder an die Arbeit ging. Nicht viele Männer begraben ihre Ehefrauen, wenn sie erst neunundzwanzig Jahre alt sind.

Rachelle hatte alles Geld der Welt gehabt, aber nichts davon hatte sie vor dem Krebs retten können. Sie hat mich und unsere Tochter, die jetzt drei Jahre alt war, allein zurückgelassen, sodass es in meinem Leben eine Lücke gab, die sich riesig anfühlte. Ich war es leid, all die Orte zu sehen, die jetzt leer waren – ihre Seite unseres Bettes stand ganz oben auf dieser Liste.

Eine lächelnde Frau begrüßte mich am Informationsschalter. „Guten Morgen, Sir. Was kann ich für Sie tun?"

„Ich habe ein Meeting mit Doktor Kerr und Doktor Dawson." Ich fuhr mir mit einer Hand durch die Haare und schob sie dann in meine Jackentasche.

„Welcher Dr. Dawson?", fragte sie. „Wir haben zwei davon."

„Sein Vorname ist Harris. Wer ist der andere?"

„Seine Frau, Dr. Reagan Storey-Dawson. Sie ist hier Kardiologin." Sie sah auf den Notizblock auf ihrem Schreibtisch und zeigte dann auf den Flur zu meiner Rechten. „Den Flur runter, die zweite Tür rechts." Sie nahm einen Schluck Kaffee. „Dr. Alexander Arlen. Das sind Sie, richtig? Sie haben ein Meeting darüber, ob Sie hier Privilegien erhalten. Ich freue mich darauf, Sie künftig öfter zu sehen."

Als ich meine Krawatte zurechtrückte, suchte sie nach einem Ehering, aber ich trug keinen. „Ich habe den Job noch nicht, Miss."

„Miss Sandoval. Lydia Sandoval", sagte sie. „Single."

„Okay." Ich drehte mich um, um zu gehen, und fühlte mich nach diesem Wortwechsel ein wenig unbehaglich.

„Und Sie?", rief sie mir fröhlich nach.

„Ich auch." Ich wollte nicht weiter auf meine persönliche Situation eingehen und befürchtete, sie könnte mich zu einem Date einladen. Ich war nicht bereit, mit jemandem auszugehen. Noch nicht – vielleicht würde ich das nie sein.

Ich hatte meine Frau geliebt. Die letzten zwei Jahre ihres Lebens hat sie im Krankenhaus und in Arztpraxen verbracht. Diese Jahre waren für sie und mich gleichermaßen miserabel gewesen. Ich hatte keine Liebe mehr für eine andere Frau. Vielleicht würde die Zeit die Wunden heilen. Ich wusste nur, dass ich wieder an die Arbeit gehen musste – meine Arbeit – oder ich würde verrückt werden.

Als ich den kleinen Konferenzraum betrat, waren die beiden Männer, die mich dort befragen wollten, schon da. Sie waren beide groß und schlank und standen auf, als ich hereinkam. Einer von ihnen streckte seine Hand aus. „Dr. Harris Dawson, Dr. Arlen."

„Freut mich, Sie kennenzulernen, Dr. Dawson", begrüßte ich ihn und streckte dem anderen Mann meine Hand entgegen. „Und Sie müssen Dr. Jonas Kerr sein."

„Das bin ich." Er schüttelte meine Hand. „Es ist mir eine Freude, Sie kennenzulernen, Dr. Arlen."

Dr. Dawson nahm Platz. „Lasst uns all die Formalitäten vergessen, einverstanden? Ich bin Harris und das ist Jonas. Ist das okay für dich, Alexander?"

„Nennt mich Alex." Ich setzte mich auf die gegenüberliegende Seite des Tisches. „Und ich vergesse nur zu gern die Formalitäten."

Jonas lächelte und fragte: „Wie war die Reise, Alex?"

Ich war mit unserem Privatjet von Spokane – wo wir wohnten – nach Seattle geflogen. Ich wollte Spokane hinter mir lassen. Dort gab überall Erinnerungen an meine Frau und es trieb mich fast in den Wahnsinn. „Gut. Ich habe es in Rekordzeit geschafft. Der Wind war günstig."

Harris nickte. „Und wenn es dir erlaubt wäre, hier zu praktizieren, würdest du nach Seattle ziehen?"

„Ja." Ich sollte ehrlich zu den Männern sein. „Hört zu, vielleicht wisst ihr schon über den Tod meiner Frau Bescheid. In Spokane zu leben ist einfach nicht mehr dasselbe. Überall, wo ich hinschaue, gibt es Erinnerungen an Rachelle. Ich muss da weg."

Die beiden tauschten einen Blick aus. Dann fragte Harris: „Was ist mit deiner Tochter, Alex? Du würdest sie dadurch der Familie wegnehmen, nicht wahr?"

„Die Eltern meiner Frau wohnen in Spokane, ungefähr eine Meile von uns entfernt." Sie wollten wahrscheinlich nicht, dass ich mit Tabby wegzog, aber ich musste das tun, was für mich am besten war. Ich hatte in den letzten Jahren auf viel verzichtet und es war Zeit, wieder auf die Beine zu kommen. Meiner Tochter würde es mit mir und meinen Entscheidungen gut gehen. Wir teilten eine gegenseitige Zuneigung, die mir sagte, dass es ihr großartig gehen würde, solange sie bei mir war.

Jonas sah besorgt aus und fragte: „Ein Umzug kann sich nachteilig auf deine kleine Tochter auswirken, Alex. Es ist wichtig, die Eltern ihrer Mutter in ihrem Leben zu haben. Glaubst du, mit ihr wegzuziehen ist die richtige Entscheidung?"

„Meine Tochter – ihr Name ist Tabitha – und ich haben eine besondere Beziehung. Ich habe mich ganz allein um sie gekümmert, seit Rachelle unmittelbar nach ihrer Geburt erkrankt ist. Ihren Großeltern steht sie nicht besonders nahe." Rachelles Eltern waren nicht immer in der Nähe. Sie reisten viel und wenn sie das nicht taten, waren sie in unzählige Events involviert. Da sie aus sehr wohlhabenden Familien stammten, engagierten sie sich für alle möglichen gemeinnützigen Organisationen. Das hielt sie ziemlich auf Trapp.

Harris brachte es auf den Punkt: „Du musst das Vermögen deiner Frau geerbt haben, Alex. Nach dem, was ich über die Vanderhavens gelesen habe, sind sie milliardenschwer. Deine Frau war das einzige Kind. Ich bin sicher, dass ihr Vermögen nicht zu unterschätzen war."

Er hatte recht. Durch Rachelles Tod war ich ein sehr reicher Mann geworden. „Obwohl ich finanziell mehr als zufrieden bin, bin ich nicht der Typ Mann, der aufhört zu arbeiten, weil er genug Geld hat. Mein Gehirn braucht mehr als das." Da Harris selbst Neurochirurg war, sollte er das verstehen können.

Sein Nicken verriet mir, dass es so war. „Ich bin auch in einer mehr als komfortablen finanziellen Situation, die nichts mit meiner Arbeit als Arzt zu tun hat. Deshalb begreife ich, was du meinst. Aber ich bin nicht allein für ein kleines Kind verantwortlich. Meine nächste Frage ist also: Was wirst du mit Tabitha machen, wenn du arbeitest?"

Ich hatte viel darüber nachgedacht – mehr als über alles andere. „Ich werde ein Kindermädchen einstellen, das mir mit Tabby hilft."

Jonas nickte und lächelte. „Das ist gut. Ich würde die Vorstellung hassen, dass deine Tochter nach dem Verlust ihrer Mutter den ganzen Tag in eine Kindertagesstätte muss. Sie braucht eine feste weibliche Bezugsperson in ihrem Leben. Wenn nicht ihre Großmutter, dann wäre ein Kindermädchen – natürlich das richtige – das Beste für sie."

Das dachte ich auch. „Das ist ein weiterer Grund, Spokane zu verlassen. Meine Schwiegereltern sind nicht oft zuhause. Tabby braucht den Einfluss einer Frau in ihrem Leben. Ein Kindermädchen wäre außerordentlich hilfreich."

Harris wirkte immer noch skeptisch. „Was ist mit deiner Familie, Alex? Gibt es von deiner Seite niemanden, der diese weibliche Bezugsperson für deine Tochter sein kann?"

Ich schüttelte meinen Kopf. „Ich habe keine Schwestern, nur

einen jüngeren Bruder. Meine Eltern haben ihr eigenes Leben. Sie wohnen in Colorado. Die drei sind nach der Legalisierung von Marihuana dorthin gezogen. Sie haben dort jetzt einen eigenen Laden."

Jonas grinste. „Einen *dieser* Läden?"

„Ja." Meine Familie war in den Marihuana-Handel eingestiegen und das Geschäft lief sehr gut. „Obwohl ich froh bin, dass meine Familie ihre Berufung gefunden hat, möchte ich nicht, dass mein Kind in so einer Umgebung aufwächst. Nicht, dass ich es verurteile. Aber ich möchte für meine Tochter und mich ein anderes Leben."

Harris stimmte mir zu: „Ja, das kann ich verstehen. Du hast also eine Weile darüber nachgedacht und triffst keine vorschnellen Entscheidungen oder rennst einfach so davon. Du willst nur dein Leben ein wenig verändern, um all den Erinnerungen an eine verlorene Liebe zu entfliehen."

„Ja." Ich hatte es satt, an dem Ort zu leben, den ich einmal mit der Frau geteilt hatte, in die ich mich praktisch auf den ersten Blick verliebt hatte. „Es ist Zeit, neu anzufangen. Und ich würde gerne hier bei euch in diesem Krankenhaus einen Neuanfang machen. Hier kann ich den Menschen helfen, während ich immer noch Zeit für meine Tochter habe."

„Wie viel Zeit würdest du brauchen, um umzuziehen und dich hier niederzulassen, Alex?", fragte Harris.

Sehr gut. Er schien sich für mich zu erwärmen. „Einen Monat." Es würde so viel Zeit in Anspruch nehmen, ein geeignetes Haus und einen Babysitter zu finden. Ich wollte Tabby nur bei jemandem lassen, den ich selbst angeheuert hatte, und ich wollte, dass sie sich geborgen und sicher fühlte. Bei zu vielen verschiedenen Leuten würde sie verunsichern und das wollte ich nicht.

Harris tippte mit dem Bleistift auf den Block vor ihm. „Wir geben dir zwei Monate Zeit, nur zur Sicherheit." Er sah mich an. „Ich bin auch Vater. Du wirst Zeit brauchen, um sicherzustellen, dass deine Tochter mit der neuen Lebenssituation und ihrem Kindermädchen gut zurechtkommt. Wir sehen uns also in zwei Monaten wieder hier. Mein Rat bei der Suche nach einem geeigneten Haus wäre *Janelles Immobilienagentur*. Sie ist die Beste, wenn es darum geht, Häuser für die wohlhabenderen Einwohner von Seattle zu finden."

Jonas schenkte mir ein weiteres breites Lächeln. „Willkommen an Bord, Dr. Alex Arlen."

„Ich kann euch beiden nicht genug danken." Ich stand auf, schüttelte beiden die Hand und spürte ein Lächeln auf meinem Gesicht. „Das sind so gute Nachrichten. Ihr habt keine Ahnung, wie sehr ich mich darauf freue, bei euch anzufangen."

Jonas stand auf. „Stört dich der Regen nicht?"

„Ich liebe ihn." Regen machte mir nichts aus. Der Geruch belebte mich auf eine Art und Weise, wie es sonst kaum etwas tat. „Ich kann es nicht erwarten, die Dinge zu ordnen und mein Leben wieder in die Hand zu nehmen. Es ist eine Ewigkeit her, dass ich ich selbst war."

„Nun, es geht nicht nur um dich, Alex", erinnerte mich Harris. „Behalte deine Tochter ganz oben auf deiner Liste."

„Das mache ich." Er hatte keine Ahnung, wie weit oben Tabby stand. „Tabby ist meine einzige Verbindung zu Rachelle. Sie ist das Ebenbild ihrer Mutter. Es ist seltsam. Wenn ich Dinge in unserer Wohnung und in der Stadt sehe, die mich an sie erinnern, bin ich traurig. Aber wenn ich unsere Tochter anschaue und ihre Mutter in ihr erkenne, macht es mich glücklich."

Jonas sah mich mit traurigen Augen an. „Ich kann mir nicht einmal vorstellen, wie es sich anfühlen muss, jemanden in einem so jungen Alter zu verlieren. Niemand erwartet, dass er mit Mitte dreißig Witwer mit einem kleinen Kind ist."

„Nein, das tut wohl niemand." Wenn mir jemand gesagt hätte, dass Rachelle und ich nur zwei Jahre verheiratet sein würden, bevor sie so schwer an Krebs erkrankte, dass der Kampf dagegen aussichtslos war, hätte ich ihn für verrückt erklärt.

Harris tätschelte mir den Rücken. „Das Leben hier wird anders sein. Hier gibt es keine Geister, die dich quälen können, Alex."

Keine Geister?

Wollte ich Rachelle wirklich hinter mir lassen?

Unser Bett war ein Ort, an dem ich kaum noch Ruhe fand, weil ich sie darin spüren konnte. Ich wachte auf und glaubte, sie atmen zu hören, aber wenn ich die Hand nach ihr ausstreckte, konnte ich sie nicht finden.

An einem neuen Ort und in einem neuen Bett würde ich sie nicht spüren. *Will ich das wirklich?*

Bin ich dazu bereit? Oder ist es ein schrecklicher Fehler?

2

KY

„**D**as Badezimmer ist frei", rief mir meine Mitbewohnerin
Carla zu.
„Danke, Carla." Ich schnappte mir meine Klamotten
und ging hinein.

Wir teilten uns zu viert das Apartment mit zwei Schlafzimmern
und einem Bad, das ich nach meinem Abschluss gemietet hatte. Ich
hatte meinen Bachelor in frühkindlicher Entwicklung gemacht und
jetzt wartete ich auf meinen ersten Job.

Ich hatte mich bei einer Agentur angemeldet, die darauf speziali-
siert war, Kindermädchen zu vermitteln. Nun war es an der Zeit für
mein erstes Bewerbungsgespräch. Ein Arzt war nach Seattle gezogen
und brauchte ein Kindermädchen für seine dreijährige Tochter.

Während ich duschte, versuchte ich, mir nicht zu große Hoff-
nungen zu machen. Dieser Job musste bei vielen Bewerberinnen
heiß begehrt sein. In einem Arzthaushalt zu arbeite wäre wie ein
wahr gewordener Traum.

Ich war in einem bescheidenen Zuhause in Ballard, einem Stadt-
teil von Seattle aufgewachsen. Mein Vater arbeitete als Manager in
einem Autohaus und Mom war Kassiererin in einem Reformhaus.
Ich hatte während meines Studiums einen Job im selben Laden

gehabt. Da ich noch zu Hause wohnte, konnte ich mein Studium selbst finanzieren und meinen Abschluss machen, ohne Schulden anzuhäufen. Dafür hatte ich Mom und Dad zu danken.

Nun, ihnen und den Opfern, die ich gebracht hatte. Ich hatte mein Auto verkauft und mir stattdessen eine Monatkarte gekauft. Weil dadurch die Raten für das Auto und die Versicherung wegfielen, blieb mehr Geld für meine Kurse übrig. Außerdem nahm ich immer etwas zu essen von zu Hause mit und ging nie aus, weil ich mein Geld sinnvoller einsetzen wollte.

Nach dem College habe ich ein weiteres Jahr in dem Laden gearbeitet. Da ich keine Schulden hatte, konnte ich mit meinen Freundinnen zusammenziehen. Sie hatten schon lange versucht, mich dazu zu überreden. Carla war meine beste Freundin und hatte gesagt, ich sei mir selbst nicht treu, wenn ich weiterhin zu Hause wohnen würde. Sie behauptete, dass es mein natürliches menschliches Wachstum behinderte.

Mein Mangel an Erfahrung mit irgendeiner Art von körperlicher Intimität schien sie zu beunruhigen. Carla war Psychologin und emotionale Gesundheit war für sie sehr wichtig. Sie behauptete, ich sei emotional nicht gesund.

Ich konterte, dass man keinen Sex brauchte, um normal zu sein, aber sie war vom Gegenteil überzeugt. Carla betrachtete Sex als eine obligatorische Erfahrung. Und sie stellte sicher, dass sie ihn mit allen möglichen Menschen erlebte, auch mit Frauen. Ich hatte kein Interesse an Erfahrungen dieser Art.

Meiner Meinung nach definierte mich meine Jungfräulichkeit nicht. Anscheinend war Jungfräulichkeit für manche etwas, das man loswurde, sobald man die Chance bekam. Nicht für mich. Ich wollte keinen Sex mit jemandem haben, für den ich keine Gefühle hatte. Es war zu persönlich, um es mit irgendjemandem zu tun.

Ein Klopfen an der Badezimmertür ließ mich schneller werden. „Ich bin fast fertig."

„Okay, versuche bitte, dich zu beeilen!", sagte Lane, meine andere Mitbewohnerin. „Ich muss pinkeln."

Nur ein Badezimmer zu haben war wirklich nervig. Ohne den

Conditioner in mein Haar zu massieren, stieg ich aus der Dusche und trocknete mich ab. Dann zog ich mich schnell an, um nicht zu länger das Bad zu blockieren.

Als ich mein Spiegelbild betrachtete, wusste ich, dass ich für das Bewerbungsgespräch nicht optimal aussehen würde, aber da ich so gehetzt wurde, hatte ich keine andere Wahl. Ich verließ das Badezimmer und ging in mein Zimmer, um mir die Haare zu einem Knoten hochzustecken und einen Hauch Mascara aufzutragen, bevor ich die Wohnung verließ.

An diesem Morgen fiel ein kühler, nebliger Regen. Er war belebend und ich fühlte mich sofort besser. Jeder sah bei diesem Wetter zerzaust aus, nicht nur ich.

Während ich zur Bushaltestelle ging, versuchte ich nicht an das Bewerbungsgespräch zu denken. Ich hatte Bedenken, dass der Arzt jemanden auswählen könnte, der älter und erfahrener war.

Mit zweiundzwanzig Jahren und ohne praktische Erfahrung standen meine Chancen schlecht. Aber die Frau von der Agentur hatte gesagt, dass es dennoch für mich von Vorteil sein könnte, das Bewerbungsgespräch zu absolvieren. Es könnte mir dabei helfen, bei zukünftigen Gesprächen besser abzuschneiden.

Als ich vor der Agentur aus dem Bus stieg, war mir ein wenig übel. Meine Nervosität überraschte mich. Ich hatte noch nie ein Bewerbungsgespräch geführt. Nicht einmal für den Job im Laden. Mom hatte das für mich arrangiert. Ich hatte nichts anderes zu tun gehabt, als aufzutauchen.

Ein glänzend schwarzer Jaguar stand vor dem Gebäude. Ich wusste instinktiv, dass er dem Mann gehörte, der ein Kindermädchen brauchte. Er musste noch reicher sein, als ich angenommen hatte. Jetzt flatterten die Schmetterlinge in meinem Bauch so wild, dass ich auf die Toilette der Agentur rannte.

Meine Wangen waren gerötet und ich spritzte mir kaltes Wasser ins Gesicht. Als ich in den Spiegel schaute, sprach ich mir Mut zu. „Hör zu, Ky, das ist nur zur Übung. Du bekommst diesen Job ohnehin nicht, also bleibe cool. Bringe das hinter dich und flippe nicht aus. Du hast gar nicht die Erfahrung, um eine

Chance auf diese Stelle zu haben. Das ist wie früher, als wir in der Schule solche Gespräche nachgestellt haben. Es ist nicht echt."

Mit diesem Gedanken trocknete ich mein Gesicht und ging dann hinaus, um die Rezeptionistin wissen zu lassen, dass ich da war. Sie hatte mich zur Toilette rennen sehen und musterte mich missbilligend. „Und Ihr Name ist?"

„Kyla Rush." Plötzlich wusste ich nicht mehr, was ich mit meinen Händen anfangen sollte, und stopfte sie in die Taschen meiner Jeans. „Ich bin hier für ein Bewerbungsgespräch mit Dr. Arlen für die Position als Kindermädchen."

Ihre Augen wanderten über meinen Körper. „In Jeans und Pullover?"

Bei der Durchsicht meines Kleiderschranks hatte ich mein Outfit nicht als schlecht empfunden. „Die Jeans ist nicht zerrissen oder schmutzig. Und der Pullover bedeckt mein Dekolleté. Was stimmt damit nicht?"

Die Frau, die um die vierzig zu sein schien, schüttelte nur den Kopf. „Kinder."

Und da war es. Ich wusste, dass ich den Job nie bekommen würde. Nicht, wenn ich wie ein Kind aussah. Wer würde einem Kind die Aufsicht über sein eigenes Kind anvertrauen?

Mit Sicherheit kein reicher Arzt.

„Ich werde mich setzen", sagte ich zu ihr und ging dann weg, damit sie mich nicht länger mustern konnte.

Ich meine, für wen hält sie sich überhaupt? Sie ist über vierzig und arbeitet am Empfang einer Agentur, obwohl sie die Möglichkeit hätte, bessere Jobs zu finden.

Ich durfte mich von ihr nicht verunsichern lassen. Das Ganze war für mich sowieso nur ein Übungslauf. Also war es egal, ob sie glaubte, dass ich angemessen gekleidet war.

Die Tür öffnete sich und eine Frau kam herein. Sie trug ein dunkelblaues Kleid, das die Knie bedeckte. Ihre Schuhe waren flach, blau und vernünftig. Die Falten um ihren Mund wirkten wie bei einer Marionette. Sie war bestimmt fünfzig und sah auch so aus. „Ich bin hier, um Dr. Arlen wegen der Position als Kindermädchen zu treffen."

Die Rezeptionistin lächelte und sah mit dieser neuen Kandidatin zufrieden aus. „Oh ja. Sie müssen Mrs. Steiner sein. Ihre Erfahrung ist herausragend."

„Ja, das ist sie", stimmte die Frau ihr zu. Sie sah sich im Raum um, der bis auf mich leer war. Ihr Blick streifte mich nur, bevor sie zu der Empfangsdame zurückschaute. „Sind wir die Einzigen, die für diese Position zu einem Gespräch eingeladen wurden?"

„Es gibt noch jemanden", informierte die Rezeptionistin sie. „Einen Mann."

Das professionelle Kindermädchen rümpfte unbeeindruckt die Nase. „Einen Mann? Ich verstehe." Sie setzte sich auf die andere Seite des Raumes.

Während ich auf meinem Handy spielte, schaute sie aus dem Fenster auf den Regen, der etwas stärker geworden war als vorhin. Dann fiel ihr Blick auf mich und ich sah sie an. „Hallo."

Sie nickte. „Hallo."

Als sich die Tür wieder öffnete und ein großer, dünner Mann hereinkam, seufzte sie und ich schätzte, dass sie den Kerl schon einmal gesehen hatte. Er sah sie direkt an und seufzte ebenfalls. „Hast du auch ein Vorstellungsgespräch, Sally?"

Mit einem Nicken sagte sie: „Ja. Ich hatte keine Ahnung, dass du nichts Besseres zu tun hast, als dich für diese Stelle zu bewerben. Was ist mit den Ventura-Kindern passiert?"

„Sheila hat ihren Job gekündigt, um zu Hause zu bleiben, als Emily angefangen hat, ins Bett zu machen." Er ging zu der Empfangsdame und strich mit den Händen über die Vorderseite des Anzugs. „Manly Jones. Ich bin hier für das Vorstellungsgespräch mit Dr. Arlen."

„Ja, Sir", sagte sie zu ihm. „Nehmen Sie Platz. Da jetzt alle hier sind, werde ich ihn informieren und wir können mit den Gesprächen beginnen."

Er ging zu der anderen Frau und ich sah, dass er ihrem Alter näher war als meinem. „Und warum bist du ohne Job, Sally?"

„Elias ist in diesem Jahr auf die High-School gekommen und braucht keine Aufsicht mehr."

Er nickte verständnisvoll. Diese beiden hatten jede Menge Erfahrung, während ich keine hatte. Und als die Augen des Mannes auf mich fielen, fühlte ich mich unbeschreiblich unfähig. „Haben Sie das schon einmal gemacht?", fragte er.

Ich schüttelte den Kopf. „Das ist mein erstes Vorstellungsgespräch."

Sally beschloss, mir ebenfalls eine Frage zu stellen: „Und warum glauben Sie, dass Sie als Kindermädchen arbeiten können?"

„Ich habe einen Bachelor in frühkindlicher Entwicklung", flüsterte ich unsicher.

„Ein Studium?", fragte der Mann. „Das macht Sie zu einer kompetenten Kandidatin?"

Ich zuckte mit den Schultern und wusste nicht, was ich sagen sollte. Ich war keine kompetente Kandidatin. Vor allem im Vergleich zu den beiden. Sie hatten viel Erfahrung und der Arzt wäre dumm, keinen von ihnen einzustellen. Ich wettete auf Sally, einfach deshalb, weil sie eine Frau war.

Aber was würde die Mutter des Kindes wollen? Ich hatte keine Ahnung, warum sie nicht erwähnt wurde. Sicherlich wollte die Mutter bei der Auswahl des passenden Kindermädchens für ihr kleines Mädchen involviert sein.

Sie wollte vielleicht, dass ein Mann auf ihr Kind aufpasste. Vielleicht würde sie das Gefühl haben, dass es auf diese Weise besser geschützt war. Der Typ sah irgendwie durchtrainiert aus. Außerdem schien er einen ausgeprägten Beschützerinstinkt zu haben.

Eine Tür öffnete sich und eine Frau erschien. „Mrs. Sally Steiner?"

Sally stand auf und folgte ihr. Manly Jones und ich blieben allein zurück. „Wie alt sind Sie?", fragte er mich.

„Zweiundzwanzig." Ein Verhör mit einem Konkurrenten vor dem eigentlichen Vorstellungsgespräch. Großartig. „Und Sie?"

„Dreiundvierzig", sagte er. „Ich mache diesen Job, seit ich zehn Jahre alt war und meine jüngeren Brüder großgezogen habe, nachdem unsere Mutter an einer Überdosis Drogen starb. Wir haben es fast ein Jahr lang vermieden, in ein Kinderheim geschickt zu werden, weil ich dafür gesorgt habe, dass alles so gut lief. Niemand wusste, dass sich niemand um uns kümmerte."

Ich fand das schwer zu glauben. „Ist das die Geschichte, die Sie allen erzählen?"

Seine dunklen Augen richteten sich auf meine. „Junge Dame, das ist keine Geschichte. Das ist die Wahrheit. Gott ist mein Zeuge."

„Wie hat ein Zehnjähriger die Rechnungen bezahlt?", fragte ich und zog eine Augenbraue hoch. Ich erkannte einen Lügner, wenn er vor mir stand.

Er drehte sich um und schaute aus dem Fenster. „Sie würden nie verstehen, wie es war, als ich ein Kind war. Rechnungen? Wie kann man Rechnungen haben, wenn man kein Zuhause hat?"

„Also haben Sie sich um Ihre jüngeren Geschwister gekümmert, während Sie auf der Straße lebten?" Ich glaubte ihm immer noch nicht. „Mit zehn Jahren?"

Er nickte nur, sah mich aber nicht mehr an. Das störte mich überhaupt nicht. Was mich störte, war der Gedanke, dass dieser Mann den Job bekommen könnte. Und dass er sich dann um ein kleines Mädchen kümmern würde, gefiel mir ganz und gar nicht.

3

ALEX

Ich hatte bereits drei Tage lang Vorstellungsgespräch für die Kindermädchen-Stelle geführt und musste noch das perfekte Kindermädchen für Tabby finden. Dieser vierte Tag musste der letzte sein. Da ich nur noch ein paar Wochen Zeit hatte, wollte ich sofort jemanden. Auf diese Weise würde Tabby die Gelegenheit haben, sich in meiner Nähe an eine andere Person zu gewöhnen, die sich um sie kümmerte.

Eine fünfzigjährige Frau betrat den kleinen Raum. Zu ihrem ergrauten Haar, das zu einem ordentlichen Knoten hochgesteckt war, trug sie typische Gouvernantenkleidung und einen dazu passenden stoischen Gesichtsausdruck. „Dr. Arlen, ich bin Mrs. Steiner." Sie streckte ihre Hand aus, als ich aufstand.

Ich schüttelte sie und bemerkte, dass es in ihrem Gesicht keine Spur von einem Lächeln gab. „Es ist schön, Sie kennenzulernen, Mrs. Steiner." Ihr Lebenslauf war einwandfrei. Sie hatte als Kindermädchen für viele wichtige Familien in der Gegend von Seattle gearbeitet. Aber ich war mir immer noch nicht sicher, was ihre Eignung betraf. „Bitte setzen Sie sich."

Sie setzte sich mir gegenüber und legte die Hände ordentlich auf ihren Schoß. „Ich sehe, dass Sie meinen Lebenslauf vorliegen haben.

Ich möchte auf meine langjährige Erfahrung hinweisen. Die letzten vier Seiten sind Empfehlungsschreiben meiner früheren Arbeitgeber. Alle Kinder, mit denen ich zu tun hatte, sind aufs College gegangen. Nun, außer Elias, aber er ist noch in der High-School. Er wird aber auch studieren. Mein Ziel ist, meinen Schützlingen Bildung angedeihen zu lassen."

Ich musste nachfragen. „Ihre Schützlinge?"

Sie sah mich mit dunkelbraunen Augen an, die von dünnen Linien umgeben waren. „Die Kinder, für die ich zuständig bin, Sir."

„Okay." Das sagte mir, dass sie den Kindern, bei deren Erziehung sie half, nicht allzu nahe stand. „Und Sie möchten sicherstellen, dass diese eine gute Bildung bekommen?" Das war ja nicht schlecht.

„Ja." Sie wies wieder auf den Lebenslauf vor mir. „Wenn Sie das erste Empfehlungsschreiben lesen, sehen Sie, dass ich angefangen habe, mit diesen Kindern zu arbeiten, als das älteste erst vier Jahre alt war. Die drei waren mit der Bibel vertraut und wussten, wie man sich benimmt."

„Und was ist mit Spielen?" Das war mir wichtiger als das Benehmen. Tabby war ohnehin kein freches Kind.

„Dafür wird jeden Tag Zeit eingeplant." Sie sah mir in die Augen. „Ich bin schon länger Kindermädchen, als Sie Vater sind. Ich kann Ihnen helfen, diese große Last von Ihren Schultern zu nehmen, Doktor. Auf diese Weise können Sie sich Ihrer Arbeit widmen. Und Ihre Frau kann es auch."

„Ich habe keine." Und Tabby war keine Last. „Ich sage Ihnen etwas, Mrs. Steiner, ich habe Ihren Lebenslauf und werde ihn genau durchlesen, bevor ich meine Entscheidung treffe. Danke fürs Kommen."

Sie wirkte etwas schockiert, als sie dort saß. „Ist das alles?"

Ich nickte und stand auf, um sie hinauszubegleiten. „Ja."

„Ich hatte noch nie ein so kurzes Vorstellungsgespräch, Sir." Sie stand auf und ich brachte sie zur Tür. „Kann ich noch etwas für Sie beantworten?"

Ich hatte noch eine Frage, nicht dass es etwas ändern würde, aber ich wollte es wissen. „Und wie stehen Sie zu körperlicher Züchtigung?"

„Wer die Rute schont, verdirbt das Kind", sagte sie schnell.

Das habe ich mir gedacht.

„Ich wünsche Ihnen einen schönen Tag, Mrs. Steiner." Ich schloss die Tür hinter ihr, aber ihr fassungsloser Gesichtsausdruck war mir nicht entgangen.

Ich trat zurück zum Tisch und warf ihren Lebenslauf weg. Niemand würde Hand an mein kleines Mädchen legen.

Es klopfte an der Tür und ein großer Mann kam herein. Ich zog den Lebenslauf von Manly Jones aus der Akte. Die Rezeptionistin hatte die Lebensläufe der Kandidaten bereits in der richtigen Reihenfolge sortiert. „Mr. Jones, es freut mich, Sie kennenzulernen." Ich stand auf und schüttelte ihm die Hand.

„Ich mich auch, Doc", sagte er mit einer Lässigkeit, die ihn bodenständig erscheinen ließ.

„Bitte nehmen Sie Platz." Ich setzte mich und ging dann seinen Lebenslauf durch. „Scheint so, als hätten Sie schon viele Kinder betreut, Manly." *Wie ist er in der Babysitter-Branche gelandet?* „Und wie genau sind Sie Kindermädchen geworden?"

„Wie Sie in meinem Lebenslauf sehen können, war meine erste Anstellung als Kindermädchen vor zehn Jahren beim Bürgermeister von Seattle." Er sah unglaublich stolz aus. „Ich war Hausmeister im Gerichtsgebäude, als wir uns trafen. Er mochte die Art, wie ich mit seinen Kindern umging. Er hatte sie oft dabei, nachdem seine Frau ihn verlassen hatte. Also gab er mir meinen ersten Job. Und von da an blieb ich im Geschäft, während meine Kinder nach und nach erwachsen wurden."

Er nannte sie *seine Kinder*, was viel besser war als *Schützlinge*. „Also haben Sie ein Händchen für Kinder?"

„Ich habe mich auch um meine jüngeren Brüder gekümmert, als ich selbst noch ein Kind war. Es ist eine Gabe", sagte er mit einem Lächeln. „Die Leute denken bei Kindermädchen normalerweise nicht an Männer, aber ich kann mit Kindern besser umgehen als viele Frauen. Ich denke wie eine Frau, nehme ich an. Spaß ist mein

Hauptanliegen. Wenn meine Kinder Spaß haben und lachen, dann habe ich meinen Job gut gemacht."

„Das ist großartig." Ich mochte diese Einstellung. „Kinder sollen sich nicht nur gut benehmen und lernen." Ich hatte viel zu viel von den anderen Kandidaten, die ich befragt hatte, darüber gehört, dass man Kindern beibringen musste, sich zu benehmen und ständig zu lernen. Keiner hatte davon gesprochen, zu spielen und Spaß zu haben.

Ich sah in seinem Lebenslauf nach, ob er sich schon einmal um kleine Mädchen gekümmert hatte. „Meine Tochter ist drei. Denken Sie, dass Sie damit zurechtkommen?"

„Natürlich", sagte er mit Überzeugung. „Die kleine Miss Dana war zwei, als ich für den Bürgermeister arbeitete. Sie hat mich um ihren kleinen Finger gewickelt, soviel ist sicher." Er lehnte sich zurück und sah mich dann neugierig an. „Darf ich fragen, ob die Mutter in der Nähe ist?"

„Meine Frau ist vor einem Jahr an Krebs gestorben, Manly." Ich seufzte und fuhr dann fort: „Ich werde Sie nicht anlügen. Ich wollte eine Frau zur Betreuung von Tabby einstellen. Sie braucht ein weibliches Vorbild in ihrem Leben."

Er nickte. „Ich verstehe." Dann schnippte er mit den Fingern. „Ich habe eine Schwester, die als weibliche Bezugsperson fungieren könnte."

Ich war nicht sicher, ob das ausreichen würde. „Ich weiß nicht."

„Sir, als ich für den Bürgermeister arbeitete, hatte sich seine Frau gerade von ihm getrennt. Seine Kinder hatten keine Mutter." Dieser stolze Blick kehrte in seine dunklen Augen zurück. „Ich habe meine Schwester dazu gebracht, Dinge mit ihnen zu unternehmen. Das hat viel geholfen. Sie können sich auf mich verlassen, Sir. Ich werde Ihrem kleinen Mädchen helfen. Meine Schwester liebt es, sich mit Kindern zu beschäftigen."

Der Mann schien aufrichtig zu sein und Tabby würde seine spielerische Art lieben. „Ich sage Ihnen etwas, Manly, lassen Sie mich das nächste Bewerbungsgespräch führen. Danach werde ich eine Entscheidung treffen. Sie sind momentan meine erste Wahl."

Er stand auf und klatschte in die Hände. „Das klingt großartig. Sie müssen auch die letzte Kandidatin interviewen. Aber ich bin mir absolut sicher, dass Sie später *mich* anrufen werden, Doc."

„Und warum ist das so?", fragte ich, weil die nächste Person nicht so schlimm sein konnte.

„Sie ist selbst noch ein Kind, Doc. Sie kann niemandem bei der Erziehung helfen, aber sie glaubt, dass ihr Hochschulabschluss sie dazu befähigt." Er streckte die Hand aus, um meine zu schütteln. „Also werde ich bald wieder mit Ihnen sprechen, Sir."

Ich lachte. Ich hatte bei dem Kerl ein großartiges Gefühl. „Bestimmt."

Als er ging, hörte ich ihn im Flur lachen und musste lächeln. Ich mochte seine aufgeschlossene Persönlichkeit und wusste, dass Tabby mit ihm viel Spaß haben würde.

Er hatte die Tür leicht angelehnt gelassen und die nächste Bewerberin kam bereits darauf zu. Ich zog den letzten Lebenslauf aus der Akte und stellte fest, dass er sehr kurz war. Als sich die Tür öffnete, kam eine junge Frau herein. „Dr. Arlen?"

„Ja. Kommen Sie rein." Ich schaute auf den Namen oben auf dem Lebenslauf. „Kyla Rush."

Sie nahm Platz, ohne mir die Hand zu geben, und ihre Augen klebten am Schreibtisch. „Ich werde lieber Ky genannt."

Sie wirkte unglaublich verlegen. Ich konnte nicht anders, als Mitgefühl mit ihr zu haben, weil ich in meinen jüngeren Jahren auch so gewesen war. „Okay, Ky. Es freut mich, Sie kennenzulernen."

Sie sah mich ganz kurz an. „Gleichfalls."

Ich legte den Lebenslauf weg, weil das Einzige, was darauf stand, ihr Studium der frühkindlichen Entwicklung war. „Mögen Sie Kinder, Ky?"

Sie nickte, sodass der lockere Knoten auf ihrem Kopf ein wenig hüpfte. Er war groß, also musste ihr Haar ziemlich lang sein. Es hatte die gleiche Farbe wie das von Jennifer Aniston und glänzte im Licht. „Ja." Dann sah sie mich an und ich bemerkte, wie das Grün in ihren haselnussbraunen Augen funkelte. „Ich liebe sie. In meiner Jugend habe ich manchmal auf meine Cousins aufgepasst. Damals habe ich beschlossen, eine Karriere anzustreben, die sich um Kinder dreht."

„Und was machen Sie gerne mit Kindern, Ky?" Irgendetwas an ihr erregte meine Aufmerksamkeit. Sie trug kaum Make-up. Ihre Haut war zart und natürlich. Ihre Lippen waren voll und ihre Wangen waren rosig. Sie war eine gesunde junge Frau.

Die Art, wie ihre Augen tanzten, sagte mir, dass sie Kinder wirklich gern hatte. „Ich liebe es, mit ihnen zu spielen und ihnen dabei zuzusehen, wie sie etwas Neues lernen. Ich liebe es, mit ihnen zu reden und ihnen zuzuhören, wenn sie mir Dinge erzählen. Kinder faszinieren mich. Ihr Gehirn entwickelt sich so schnell, dass es kaum vorstellbar ist. An einem Tag können sie kein Wort sagen und am nächsten sagen sie *Dada* oder *Mama*. Es ist einfach großartig, das zu beobachten. Wissen Sie, was ich meine?"

„Ja." Ich konnte nicht aufhören, in ihre Augen zu schauen. So viel an ihnen faszinierte mich. „Haben Sie Geschwister, Ky?"

„Nein, Sir. Ich bin ein Einzelkind." Sie sah wieder nach unten und ich kämpfte gegen den starken Drang an, mich nach vorn zu beugen und ihr Kinn anzuheben, damit ich wieder in diese Augen schauen konnte.

Sie hatte keine wirkliche Erfahrung und sie würde nicht die richtige Nanny für uns sein. Aber irgendetwas sagte mir, ich sollte ihr trotzdem eine Chance geben. „Nun, Ky, kann ich ehrlich zu Ihnen sein?"

Ihr Blick glitt wieder zu mir zurück. „Ja, Sir."

„Ich möchte, dass das Kindermädchen meiner Tochter Erfahrung hat." Ich schob die letzte Seite von Manlys Lebenslauf zu ihr und zeigte ihr die vielen Jobs, die er schon gehabt hatte. „Dies ist typisch für die Lebensläufe, die ich in den letzten Tagen gesehen habe."

„Ich verstehe, Sir." Sie blinzelte, als sie die Liste vor sich betrachtete. „Ähm, darf ich Ihnen eine Frage stellen?"

„Ich denke schon." Ich konnte daran nichts Schlimmes erkennen.

Sie sah mich wieder an. „Mir ist aufgefallen, wie glücklich der Mann war, der aus diesem Raum gekommen ist. Ist das so, weil Sie ihm den Job schon fast zugesagt haben?"

Ich nickte. Ich sah keinen Grund zu lügen.

Die Art und Weise, wie ihre Augen zur Seite wanderten und ihre Brust sich hob und senkte, sagte mir, dass ihr etwas Sorgen bereitete. „Sir, ich kann Menschen gut einschätzen. Das ist nicht meine Angelegenheit, aber ich denke, ich sollte Ihnen etwas sagen." Sie biss sich auf die Unterlippe, bevor sie fortfuhr: „Er ist nicht derjenige, für den Sie ihn halten. Hat er Ihnen die Geschichte erzählt, wie er sich als obdachloser Zehnjähriger um seine Brüder gekümmert hat, nachdem seine Mutter an einer Überdosis starb?"

„Nein." Wovon redete sie? „Hat er Ihnen das erzählt?"

Sie nickte. „Ja. Und ich habe ihm nicht geglaubt. Die Frau vor ihm kannte ihn. Ich denke, er ist schon eine Weile im Geschäft, aber ich vertraue ihm nicht. Das sollten Sie wissen, bevor Sie ihn auswählen. Ich weiß, dass Sie mich nicht einstellen, aber bitte stellen Sie ihn auch nicht ein."

Was zur Hölle soll das heißen?

4

KY

Es waren zwei Tage seit dem, was ich für das schlimmste Vorstellungsgespräch aller Zeiten hielt, vergangen. Als mein Handy klingelte, und eine unbekannte Nummer anzeigte, ging ich ran und dachte, es würde sich um einen Betrugsversuch handeln. „Was?"

Einen Moment lang hörte ich nur Stille, dann fragte ein Mann: „Ky?"

Seine Stimme war weich, tief und unglaublich attraktiv. Ich wusste sofort, wer er war. „Dr. Arlen?"

„Ja", sagte er fröhlich. „Ich bin es."

„Oh, tut mir leid. Ich dachte, Sie wären ein Betrüger." Meine Wangen brannten vor Verlegenheit und ich setzte mich hinter dem Laden, wo ich gerade den Müll entsorgt hatte, auf eine Kiste.

„Ich habe Ihren Rat bezüglich des Mannes, den ich einstellen wollte, befolgt", sagte er.

Vielleicht hatte ich mich in dem Kerl getäuscht. „Und?"

„Und nach einer Hintergrundüberprüfung habe ich erfahren, dass er einen falschen Namen verwendet. Darüber hinaus ist er vorbestraft. Er musste nicht ins Gefängnis, aber nur dank dem Bürgermeister, den er bei der Arbeit im Gerichtsgebäude kennenlernte. Nachdem er wegen Diebstahls verurteilt worden war, musste er sechs Monate Sozialstunden absolvieren."

„Ich bin froh, dass Sie ihn überprüft haben", sagte ich und stand auf, um wieder hineinzugehen und weiterzuarbeiten. „Haben Sie inzwischen ein Kindermädchen gefunden?"

„Ich glaube schon", sagte er.

Ich nahm an, dass es die Frau namens Sally war. „Sie hat viel Erfahrung. Ich hoffe, sie ist die Richtige für Sie."

Er schien verwirrt zu sein, als er fragte: „Und wann hat sie all diese Erfahrung gesammelt, wenn ich fragen darf?"

„Was meinen Sie?" Ich verstand den Mann nicht.

„Ky, ich habe Sie ausgewählt", sagte er.

„Was?"

„Ich habe Sie ausgewählt", sagte er erneut. „Möchten Sie zu uns kommen, um Ihr Gehalt zu besprechen?"

Mein Kopf fühlte sich leer an. „Träume ich?"

„Nein", sagte er mit einem Lachen. „Ich werde meinen Fahrer schicken, um Sie abzuholen. Wie lautet die Adresse?"

„Ich bin auf der Arbeit." Ich wusste nicht, was ich tun sollte. „Ähm, verdammt, ich bin nicht sicher, was ich jetzt machen soll."

„Wo arbeiten Sie?", fragte er.

„In *Judy's Grocery*", sagte ich, als ich hineinging. „Wissen Sie was? Ich werde Judy sagen, dass ich einen anderen Job gefunden habe und diesen nicht mehr brauche. Richtig? Ich sollte das tun, oder?"

„Das sollten Sie." Er lachte und sagte dann: „Texten Sie mir Ihre Adresse. Ich gebe Ihnen eine Stunde, um nach Hause zu kommen, dann schicke ich meinen Fahrer, um Sie abzuholen und hierher zu bringen. Wir haben viel zu besprechen und ich kann es kaum erwarten, dass Tabby Sie kennenlernt."

Plötzlich traf es mich mit voller Wucht. Ich hatte den Job bekommen! „Das mache ich! Danke!"

Der Rest dieser Stunde verging durch meine Aufregung wie im Flug. Und als ein Lincoln vor meiner Wohnung hielt, wurde ich fast ohnmächtig. Der Fahrer stand an der hinteren Tür und hielt sie mir auf. „Guten Tag, Miss Rush. Ich bin Steven, Dr. Arlens Fahrer. Ich habe gehört, dass Sie das neue Kindermädchen sind."

„Ich denke, das bin ich." Ich setzte mich auf den Rücksitz und nahm den ganzen Luxus in mir auf. „Wow."

„Ich weiß." Er schloss die Tür, kehrte zum Fahrersitz zurück und startete den Wagen.

Ich hatte keine Ahnung, wohin wir fuhren, und schrieb Carla, um sie zu informieren. Nach einigen Minuten kamen wir im wohlhabenderen Teil der Stadt an und mein Mund stand noch ein wenig weiter offen. Der Lincoln fuhr durch eine Reihe von Eisentoren und ich schrieb Carla eine SMS, dass ich an meinem neuen Zuhause angekommen war. Ich legte das Handy weg und sah mich verwundert um.

Eine Villa ragte vor uns auf und ich konnte meine Augen nicht von ihr abwenden. „Wow."

Als das Auto anhielt, drückte der Fahrer die Hupe und die Haustür öffnete sich sofort. Ein anderer Mann kam zum Auto und öffnete mir die Tür. „Hallo, Miss Rush. Ich bin Mr. Randolph, Dr. Arlens Butler. Bitte folgen Sie mir."

Ich fühlte mich, als ob ich auf Wolken ging, als ich aus dem Auto stieg und dem Mann folgte, der Clark Gable sehr ähnlich sah. „Ich bin Ky."

„Okay, Ky", sagte er, als er mich durch einen großen Raum nach dem anderen führte. „Hier entlang, bitte. Die beiden sind in Tabbys Spielzimmer."

„Ich brauche eine Karte von diesem Ort", sagte ich flüsternd, weil ich mich bereits verirrt hatte.

„Ich mache Ihnen eine." Der Mann schien hilfsbereit zu sein. „Wir möchten, dass Sie diesen Ort zu Ihrem Zuhause machen."

„Oh ja." Ich hatte vergessen, dass ich hier leben würde, jetzt, da ich das Kindermädchen der Kleinen war.

Als er eine der vielen Türen in einem langen, breiten Korridor öffnete, sah ich den Arzt, der mich befragt hatte, auf dem Boden sitzen, während ein kleines blondes Mädchen in einem Kreis um ihn herumsprang und wie eine Märchenprinzessin sang. Dr. Arlens eisblaue Augen fanden meine und er schenkte mir wieder das

Lächeln, das mir schon einmal den Atem geraubt hatte. „Ky!" Er griff nach der Hand seiner Tochter. „Schau, Tabby, das ist Ky, dein neues Kindermädchen."

Schüchtern senkte das Mädchen den Kopf, als es auf den Schoß seines Vaters kletterte. Ich ging zu ihnen und versuchte mein Bestes, um meine Nerven zu beruhigen. „Hallo, Tabby."

Sie sah mich unter dichten, dunklen Wimpern an und sagte kein einziges Wort. Aber ihr Vater tat es. „Sie ist ein bisschen schüchtern, aber sie wird bald auftauen."

Ich holte tief Luft und versuchte, mein Gehirn zum Arbeiten zu bringen. Ich setzte mich ebenfalls mit gekreuzten Beinen auf den Boden, genau wie er. „Ihr Zuhause ist wunderschön, Dr. Arlen."

Ein weiteres Lächeln huschte über seine karamellfarbenen Lippen. „Es ist jetzt auch Ihr Zuhause, Ky. Ich werde Sie gleich zu Ihrer Suite führen und danach bringt Steven Sie zurück zu Ihrer Wohnung, damit Sie Ihre Sachen holen können. Sie können noch heute hier einziehen. Wenn das okay ist."

„Ja." Ich hatte keine Ahnung, wie ich mich verhalten sollte. „Sicher, Dr. Arlen."

„Das klingt so förmlich", sagte er. „Nenne mich Alex. Darf ich dich duzen?"

Ich nickte und wusste nicht, wie ich reagieren sollte. „Ich fühle mich so seltsam."

„Das kann ich mir vorstellen." Er streckte die Hand aus und klöpfte leicht meine Schulter. „Du wirst dich daran gewöhnen."

Ich versuchte, das sonderbare Gefühl zu ignorieren, das mich bei seiner kurzen Berührung durchlief, und hoffte, dass er recht hatte. „Ich werde es versuchen."

„Okay, lass uns die Grundregeln durchgehen", sagte er, als seine Tochter ihr Gesicht in seiner breiten Brust vergrub. Der Mann war so muskulös. Ich konnte mich nicht erinnern, jemals jemanden gesehen zu haben, der so gut aussah wie er, und versuchte, ihn nicht anzustarren. „Regel Nummer Eins, wann immer du mit meiner Tochter dieses Haus verlässt, lässt du dich von Steven fahren. Er ist ein ehemaliger Navy SEAL und einer unserer Leibwächter. Du wirst dieses Haus mit meiner Tochter niemals ohne ihn verlassen. Verstanden?"

Nickend sagte ich: „Verstanden."

Er fuhr mit einer Hand durch sein dichtes, welliges, dunkles Haar und ich musste mich konzentrieren, damit ich nicht seufzte, weil es so sexy war. „Okay. Regel Nummer Zwei: Das Glück meiner Tochter ist für mich von entscheidender Bedeutung. Ich möchte nicht, dass du denkst, dass es sie zu sehr verwöhnt, wenn du Zeit damit verbringst, sie im Arm zu halten oder Dinge mit ihr zu unternehmen. Sie ist der Mittelpunkt meines Lebens und ich will, dass sie das immer weiß."

„Mittelpunkt, glücklich, im Arm halten", sagte ich. „Verstanden."

„Du darfst sie nicht schlagen. Niemals", fügte er hinzu. „Und sie nicht anschreien. Und nicht vor ihr fluchen. Viele Umarmungen, viel Aufmerksamkeit und viel Lob, wenn sie etwas tut."

In diesem Moment wurde mir klar, dass es keine Frau in der Nähe gab – wie etwa eine Mutter oder eine Ehefrau. „Ähm, wo ist ihre Mom?"

„In Spokane", sagte er, als er mit der Hand über das seidige, blonde Haar seiner Tochter strich. „Auf einem Friedhof. Wir haben sie letztes Jahr an den Krebs verloren."

Ich legte meine Hand auf meinen Mund. „Es tut mir so leid." Jetzt wusste ich, warum er wollte, dass seine Tochter so viel Aufmerksamkeit und Lob erhielt. Er versuchte sein Bestes, um den Verlust ihrer Mutter auszugleichen.

Als ich sah, wie Tabby ihre Arme um den Hals ihres Vaters schlang und sie sich umarmten, wurde mir klar, dass sie viel gelitten hatten.

„Also kannst du verstehen, warum ich nur das Beste für unser Kind will?", fragte er leise.

„Ja." Ich musste eine Träne von meiner Wange wischen. „Ich werde gut zu ihr sein. Das schwöre ich dir."

„Gut. Das ist alles, was ich verlange." Er streckte die Hand aus und legte sie wieder auf meine Schulter. Meine Gefühle ergaben keinen Sinn. Er berührte nur meine Schulter, doch mein Bauch zog sich zusammen und ich wurde an Stellen feucht, wo ich es zuvor nicht gewesen bin.

Ich mochte meine Reaktion nicht und versuchte, mich daran zu erinnern, dass dieser Mann jetzt mein Chef war. Ich konnte ihn nicht anschmachten. Nicht, dass ich das jemals bei jemandem getan hatte, aber er war anders.

Er war nicht nur heiß, sondern auch süß und er roch fantastisch. Ich hatte keine Ahnung, dass jemand so verdammt gut riechen konnte, aber Alex tat es. Ich zwang meine Gedanken zurück zum Thema. „Also, was ist mit der Bezahlung, Boss?"

Sein Lächeln kehrte zurück und mein Herz setzte einen Schlag aus. „Nun, du bekommst kostenlose Unterkunft und Verpflegung. Das heißt, du kannst hier essen, was du willst. Sage einfach dem Küchenchef, was dir schmeckt. Er heißt Rudy und ist die meiste Zeit in der Küche. Außerdem bekommst du kostenlosen Reinigungsservice. Unser Dienstmädchen hier heißt Chloe. Sie wird dafür sorgen, dass deine Zimmer sauber bleiben."

„Meine Zimmer?" *Das muss ein Scherz sein. Ich brauche nur eines.*

„Ja, ich habe dir schon gesagt, dass ich dich in einer Suite untergebracht habe." Er zeigte nach oben. „Alle Schlafzimmer befinden sich im Obergeschoss und sind Suiten. Sie haben einen Wohnbereich – wie ein Wohnzimmer. Und dann ist da noch das Schlafzimmer. Jedes ist mit zwei begehbaren Kleiderschränken und einem kompletten Badezimmer ausgestattet. Deines hat auch einen Balkon."

Ich wusste nicht, was ich denken sollte. „Das ist unglaublich – weißt du das?"

Lachend nickte er. „Ja. Ich war nicht immer so wohlhabend. Ich bin mit meinen Eltern und meinem jüngeren Bruder in einem kleinen Haus aufgewachsen. Meine Frau hatte das Geld. Sie kam aus einer sehr reichen Familie und hat jede Menge geerbt. Und dieser Reichtum gehört jetzt Tabby und mir. Apropos Geld, dein Gehalt wird freitags von meinem Buchhalter ausgezahlt, der jede Woche vorbeikommt, um die Gehaltsschecks zu verteilen. Ich fange mit zweitausend an."

„Wow." Ich hatte mit der Hälfte davon gerechnet. „Zweitausend im Monat? Das ist mehr, als ich erwartet hatte."

„Dann wirst du wirklich überrascht sein", sagte er mit einem Grinsen, bei dem mein Höschen nass wurde. „Es sind nämlich zweitausend pro Woche, Ky."

„Warte! Was?" Er musste scherzen. „Machst du dich über mich lustig?"

„Überhaupt nicht." Sein Lachen ließ seine Brust erbeben, was Tabby veranlasste, ihr Gesicht davon wegzuziehen.

Schließlich sah sie mich an. „Ich bin Tabby", murmelte sie.

„Ich bin Ky." Ich mochte die Art, wie ihre grünen Augen funkelten. „Spielst du gerne mit Puppen?"

Sie nickte. „Du auch?"

„Ja." Ich schaute auf die Spielsachen, die in ihrem Spielzimmer verstreut waren. „Glaubst du, wir können zusammen spielen?"

Sie nickte und stieg dann vom Schoß ihres Vaters. „Ich hole dir etwas."

Als sie von uns wegging, um ein paar Spielsachen zu holen, sah Alex mich an und sagte: „Danke."

Ich hatte keine Ahnung, warum er mir dafür danken sollte, dass ich meinen Job machte, aber ich erwiderte: „Gern geschehen." Es war schwer, mich vom Lächeln abzuhalten.

Sein Handy klingelte und er stand auf und zog es aus seiner Tasche. Dann ging er ran und verschwand. Ich wandte meine Aufmerksamkeit Tabby zu, die drei Puppen mitbrachte. „Das sind meine Lieblinge."

Sie gab mir eine Puppe mit dunklen Haaren und blauen Augen. „Danke. Ich mag diese hier. Wie heißt sie?"

„Du kannst dir einen Namen ausdenken, Ky." Sie setzte sich direkt auf meinen Schoß und hielt die beiden anderen Puppen in ihren kleinen Armen. „Meine Babys heißen Fiona und Fairy."

„Dann nenne ich meine Puppe Felicity." Ich legte sie in meine Armbeuge. „Magst du es, wenn deine Haare geflochten sind, Tabby?"

„Ich weiß nicht", sagte sie und sah mich wieder an. „Was bedeutet das?"

„Wenn wir eine Haarbürste finden, kann ich es dir zeigen." Ihre Haare würden in zwei Zöpfen entzückend aussehen.

Alex kam zurück und sah seine Tochter auf meinem Schoß sitzen. Seine Augen trafen meine. „Sie macht das sonst nur bei mir."

Ich hatte das Gefühl, etwas falsch gemacht zu haben. „Es tut mir leid."

„Nein", sagte er und schüttelte den Kopf. „Ich bin froh darüber."

Tabby sah zu ihm auf. „Daddy, kann Ky meine Haare flechten?"

Eine dunkle Augenbraue hob sich und er fragte mich: „Wirst du sanft sein?"

„Natürlich." Ich legte die Babypuppe weg, um es ihm zu zeigen, teilte ein paar Strähnen ihrer Haare ab und flocht sie. „Siehst du, ganz ohne Ziehen. Ich habe einen empfindlichen Kopf und schon vor langer Zeit gelernt, wie man schmerzfrei Zöpfe flechtet."

„Dann fang an." Er beugte sich vor und fuhr mit seiner Hand durch Tabbys Haare. „Ich möchte nur, dass nichts und niemand meinem Baby jemals wehtut."

Sie war schon genug verletzt worden, als sie ihre Mutter verloren hatte. Bei dem Gedanken schmerzte mein Herz. „Ich werde sie nie verletzen. Das verspreche ich dir."

„Ich bin gleich da drüben, während ihr euch kennenlernt." Er ging davon, um sich auf einen der Stühle im Spielzimmer zu setzen. Als seine Aufmerksamkeit auf sein Handy gerichtet war, schaute ich mir den Mann genauer an – und die Wirkung, die er auf mich hatte, war etwas, das ich noch nie erlebt hatte.

Von den dunklen Wellen der Haare, die um sein Gesicht flossen, bis zu seiner schmalen Taille faszinierte mich alles an ihm. Ich musste schnellstens lernen, es nicht zu zeigen.

K y schien sich gut eingelebt zu haben. Zwei kurze Wochen später waren Tabby und sie unzertrennlich.

Als die beiden an meinem ersten Arbeitstag im Krankenhaus vorbeikamen, um mich zu besuchen, grinste ich von einem Ohr zum anderen, sobald ich sie entdeckte.

Ich konnte nichts dagegen tun, dass ich mich zu Ky hingezogen fühlte. Egal wie sehr ich es auch versuchte, ich konnte es nicht leugnen. Aber ich schaffte es, diese Anziehung nicht zu zeigen. Sie war jung und außerdem arbeitete sie für mich. Das war ein absolutes Tabu.

Tabby winkte mit den Armen, als sie mir zurief: „Daddy! Ich bin es. Tabby!"

Als ich zu ihnen ging, kam eine Ärztin vorbei. „Das ist also Tabby." Reagan Dawson war mir an diesem Morgen vorgestellt worden und ich hatte ihr von meinem kleinen Mädchen erzählt.

Tabby sprang in meine Arme und ich präsentierte sie Reagan. „Tabby, das ist Reagan. Sie arbeitet mit mir."

Meine Tochter vergrub wie immer ihr Gesicht in meiner Brust. Reagan lächelte nur. „Nun, es ist schön, dich kennenzulernen,

Tabby." Dann sah sie Ky an, die aus irgendeinem Grund verblüfft zu sein schien. „Und Sie müssen das Kindermädchen sein."

Ky nickte. „Ich bin Ky."

„Freut mich, Sie kennenzulernen, Ky", sagte Reagan. „Ich bin sicher, wir werden uns noch oft sehen."

Ky sah mich an. „Warum?" Ihr Gesichtsausdruck war eine Mischung aus Emotionen. Aber ich war mir ziemlich sicher, dass ich Eifersucht darin sah.

„Weil wir zusammenarbeiten." Reagan sah Ky mit einem Lächeln an und hob dann ihre linke Hand. „Ich bin verheiratet."

Worum ging es hier? „Wie auch immer, was habt ihr Mädchen heute vor?", fragte ich.

„Tabby wollte sehen, wo du arbeitest", sagte Ky zu mir. „Und wir wollten Eis essen gehen. Sie möchte, dass du dich uns anschließt. Ich habe ihr gesagt, dass du das wahrscheinlich nicht kannst."

Eine kleine Pause würde nicht schaden. „Also los, mal sehen, was die Cafeteria hat."

Reagan schüttelte den Kopf. „Nein. Das Eis dort ist nicht so gut. Ein Block südlich von hier ist das *New Release*. Es ist ein Café und hat das beste Eis und die besten Burger. Gleich ist Mittagszeit. Mach eine Pause, wenn du möchtest."

Kys Augen wanderten zu Boden. „Es ist okay, wenn du nicht mitkommen willst."

„Doch, das will ich", sagte ich. „Bis später, Reagan."

Ky folgte mir, als ich Tabby zum Ausgang trug. Wir gingen den ganzen Weg nach draußen, bevor sie sagte: „Sie ist hübsch."

„Wer?" Ich blieb stehen, damit sie aufholen konnte.

„Die Ärztin", sagte Ky. „Ich dachte, ihr beide würdet miteinander ausgehen."

„Nein." Ich erkannte Eifersucht in ihren hübschen Augen. „Ich bin noch nicht auf dem Markt."

„Gut", antwortete sie schnell. Dann wurde sie feuerrot. „Ich meine ... gut, weil du erst eine Menge verarbeiten musst."

Sicher.

„Ja, das muss ich." Ich war noch nicht bereit, mich zu verabreden. Aber die Anziehung zu Ky ließ nicht nach. Und ich konnte nicht anders, als ihr einen Vorschlag zu machen. „Nach dem Mittagessen solltest du Tabby in deinen Lieblingssalon bringen, damit man ihr dort die Haare schneidet. Deine auch. Ich spendiere euch beiden einen Beauty-Tag."

„Das musst du nicht tun", sagte Ky.

Dann hob Tabby den Kopf. „Äh, ich will mir die Haare schneiden lassen, Ky. Bitte."

„Das kannst du auch. Ich muss es aber nicht." Ky griff nach ihrem Pferdeschwanz.

„Ich würde deine Haare gern offen sehen, Ky. Lass sie schneiden und so stylen, wie du willst." Ich würde kein Nein als Antwort akzeptieren. „Und wenn es auch eine Kosmetikerin gibt, dann lass dich schminken und kaufe das Make-up, das sie dort verwenden, damit du es selbst tun kannst."

„Aber", versuchte Ky zu protestieren.

„Aber nichts. Ich lade euch heute Abend zum Essen in ein schickes Lokal ein und möchte, dass meine Mädchen hübsch aussehen." Nachdem ich begriffen hatte, was ich sagte, presste ich meine Lippen zusammen.

Ky sagte schließlich: „Also gut."

Ich sah das Café vor mir und überquerte die Straße. „Der Verkehr ist hier sehr dicht. Bleib neben mir, Ky."

Sie beeilte sich, an meiner Seite zu bleiben, als wir die belebte Straße überquerten. Als wir eintraten, stand die Speisekarte auf einer Tafel hinter der Theke. „Wir haben eine große Auswahl. Sag, was du willst, Ky."

„Oh, schon okay. Ich brauche nichts", sagte sie.

Das Mädchen musste hungrig sein. „Dann bestelle ich für dich." In den zwei Wochen, die wir zusammen unter einem Dach verbracht hatten, hatte ich sie noch nie etwas essen sehen. Ihre kurvige Figur musste sie aus irgendeinem Grund beschämen, obwohl sie fantastisch aussah. „Ein Kindergericht mit einem Cheeseburger und Schokoladenmilch und zwei doppelte Cheeseburger mit Pommes und Soda für uns."

Ky sah weg, schlang die Arme um sich und versuchte, ihre Taille zu verbergen. „Ich kann das nicht alles essen."

„Ich wette, dass du es kannst." Ich reichte Ky Tabby, um das Essen zu bezahlen. „Finde bitte einen Tisch für uns."

Ky nahm Tabby und ging zu einer Nische weiter hinten. Sie schnappte sich eine Sitzerhöhung, machte es Tabby auf einer Seite des Tisches gemütlich und setzte sich ihr gegenüber. Als ich mich ihnen näherte, sah ich, dass Ky ihre Arme wieder um sich gelegt hatte. Ich setzte mich neben Tabby und fragte: „Warum bist du in Bezug auf dein Gewicht so unsicher?"

Sie verdrehte die Augen. „Ähm, wahrscheinlich, weil ich fett bin."

„Das bist du nicht." Es ist schrecklich, dass Frauen denken, sie müssten so gut wie nichts wiegen, um attraktiv zu sein. „Du bist perfekt, Ky."

„Von wegen. Ich habe dicke Oberschenkel. Und", sie sah auf ihre großen Brüste hinunter, „na ja, zu viel Oberweite. Und dann erst mein Hintern. Ich kann keine Jeans finden, die richtig sitzt. Wenn sie über meinen großen Hintern passt, ist sie aus irgendeinem Grund an meiner Taille zu weit."

Wie konnte sie nicht sehen, dass ihre Figur wundervoll war? „Du brauchst einen neuen Spiegel, wenn du denkst, dass etwas mit deinem Körper nicht stimmt."

Sie sah zu mir auf und ihre Augen trafen meine. „Du hast jede Menge Muskeln. Wie kannst du also glauben, dass an meinem Körper nichts falsch ist?"

„Frauen sollen weicher sein als Männer". Einige Frauen hatten gern viel Muskelmasse, und das war auch in Ordnung. Aber ich mochte meine Frauen weich.

Nicht, dass Ky jemals mir gehören könnte.

„Ach ja?" Ihr Lächeln ließ mein Herz höherschlagen.

„Ja." Ich wollte über den Tisch greifen, ihre Hände in meine nehmen und sie festhalten. „Du bist wirklich eine Schönheit, Ky."

„Ja", stimmte Tabby zu. „Du bist wirklich schön, Ky."

Kys Wangen wurden rot, aber sie revanchierte sich sofort mit einem Kompliment. „Du bist auch schön, Tabby."

Tabby küsste mich auf die Wange. „Du auch, Daddy."

„Danke, Prinzessin." Ich sah zu Ky hinüber und bemerkte, dass ihre Augen wieder gesenkt waren.

Die Kellnerin brachte das Essen und ich nahm meinen Burger und wartete darauf, dass Ky zuerst einen Bissen von ihrem nahm. Sie lächelte, als sie mich dabei erwischte, wie ich sie beobachtete. „Was ist?"

„Das ist das erste Mal, dass ich dich beim Essen sehe." Ich wartete.

Sie nahm einen riesigen Bissen. „Glücklich?", sagte sie mit vollem Mund.

„Ekstatisch." Ich sah Tabby an. „Jetzt du, Tabs."

Sie biss in ihren Burger. „Das ist so lecker."

Ich nahm einen Bissen und fand meinen Burger auch lecker. „Das denke ich auch."

Wir aßen schweigend, weil es einfach zu gut schmeckte. Und als ich sah, wie Ky den letzten Bissen herunterschluckte, fühlte ich mich glücklich darüber. Sie fing an, sich bei uns heimisch zu fühlen.

Schon lange hatte ich nichts mehr so sehr gewollt.

6

KY

Der Tag im Kindermuseum hatte die kleine Tabby erschöpft. Sie war tief eingeschlafen, nachdem sie früher als gewöhnlich zu Abend gegessen hatte. Das bedeutete, dass Alex und ich allein essen würden. Und ich freute irgendwie darüber, dass wir ein bisschen Zeit für uns hatten.

Ich arbeitete seit einem Monat in meinem neuen Job und Alex seit zwei Wochen in seinem. Als ich ins Esszimmer ging, überlegte ich, wie ich ein Gespräch mit dem Mann beginnen könnte, bei dem ich mich immer sprachlos fühlte. Na ja, die meiste Zeit. Manchmal fühlte ich mich auch wohl. Tatsächlich geschah das immer öfter.

Das Einzige, was nicht verblasste, war die starke Anziehung, die ich zu ihm empfand. Wahrscheinlich hatte er keine Ahnung, dass die Art, wie er mit mir sprach und mich manchmal berührte, mir das Gefühl gab, er könnte mich mehr mögen, als ich bereits vermutete.

Ich wusste, dass er mich wegen seiner Tochter mochte. Wir beide verstanden uns großartig. Aber ich hasste mich selbst dafür, auch nur zu denken, dass sich ein Mann wie er zu mir hingezogen fühlen könnte. Er betrachtete mich wahrscheinlich als Kind. Und mein Aussehen hatte ihm auch nicht gefallen. Deshalb hatte er dafür bezahlt, dass ich ein komplettes Umstyling bekam.

An dem Tag, als wir zusammen zu Mittag gegessen hatten, gingen Tabby und ich in einen Salon, von dem Carla sagte, es sei der allerbeste. Dank Alex` Kreditkarte waren die Angestellten im Salon nur allzu gern bereit, Tabby und mich zu verwöhnen. Ein paar hundert Dollar später verließen wir den Salon mit wunderschönen Locken und ich hatte Highlights – etwas, das ich nie zuvor gewagt hatte.

Die Besitzerin des Salons machte Vorher-Nachher-Fotos von mir und fragte, ob sie sie auf ihrer Website verwenden dürfte. Ich nehme an, meine Verwandlung war etwas Wundersames. Also gab ich ihr die Erlaubnis.

Ich hätte mir ein Foto von Alex' Gesicht gewünscht, als er an jenem Abend nach Hause kam. Seine Augen weiteten sich und er betrachtete meinen gesamten Körper, dann stieß er einen Pfiff aus, der mich erröten ließ.

Seine Begeisterung war definitiv echt.

Ich hatte noch nie so etwas gesehen wie das, was ich in Alex' Augen erblickte, als ich an jenem Abend unter dem Kronleuchter im Foyer stand. Sie glitzerten – und glühten – und ließen meine Knie schwach werden.

Ich wollte nicht länger daran denken, also machte ich mich hübsch, nachdem ich Tabby ins Bett gebracht hatte. Ich zog ein Kleid an, das ich an diesem Tag gekauft hatte, und trug fünf Zentimeter hohe Absätze an meinen Füßen. In höheren Schuhen konnte ich nicht gehen. Meine Haare fielen über meinen Rücken. Ich glättete sie, weil ich nicht die Zeit hatte, sie wie im Salon zu Locken zu formen. Mein Make-up war perfekt. Ich wurde gut darin, es genau richtig anzuwenden.

Ich hatte Carla seit einem Monat nicht gesehen. Sie würde ihren Augen nicht trauen. Das war meine Entschuldigung dafür, mich so zu stylen. Nach dem Abendessen wollte ich meine alten Freundinnen und Mitbewohnerinnen treffen. Es war Freitag und die Mädchen hatten normalerweise ein paar Drinks, während sie *Vampire Diaries* anschauten.

Auch wenn ich sonst nichts trank, würde ich dieses Mal vielleicht einen Cocktail probieren. Ich hatte angefangen, mich viel mehr wie eine Erwachsene zu fühlen als wie das Kind, als das ich mich immer betrachtet hatte. Und ich hoffte, Alex würde mich auch so sehen.

Ich wusste nicht, warum es so war, aber es war nicht gut, die Person zu daten, für die man arbeitete. Das hatten alle in der Agentur gesagt. In dem Lebensmittelgeschäft, wo ich gejobbt hatte, war es Mitarbeitern verboten, miteinander anszugegen.

Aber ich konnte mein Verhalten manchmal nicht kontrollieren. Wie an diesem Abend, als ich mich absichtlich sexy angezogen hatte, um die Reaktion meines Chefs zu sehen. Ich wusste nicht, was in mich gefahren war.

Als ich in das Esszimmer schlenderte, hörte ich Alex' Stimme aus der Küche auf der anderen Seite des Flurs. „Und auch etwas Rotwein, Rudy. Ich habe dieses Wochenende frei und möchte mich entspannen."

Gerade als ich mich setzen wollte, kam Alex herein. Seine Augen weiteten sich und wanderten über meinen Körper. „Du siehst ...", er hörte auf zu reden und sah mich nur an, „großartig aus."

Ich fuhr mit meiner Hand über meine Seite und ließ sie auf meiner Hüfte ruhen. Das Kleid hatte einen Vintage-Look: Es war schlicht, braun und endete knapp über meinen Knien. Der V-Ausschnitt war tiefer als alles, was ich jemals zuvor getragen hatte. Aber es war nicht annähernd so gewagt wie die Sachen, die meine Mitbewohnerinnen tragen würden. „Gefällt es dir?"

Er nickte, kam dann zu mir, zog meinen Stuhl hervor und schob ihn wieder zum Tisch. Ich spürte seine Körperwärme neben mir.

„Du hast mir getextet, dass Tabby schon eingeschlafen ist. Wenn das so ist, müssen wir nicht hier essen. Sollen wir zum Abendessen in die Lounge gehen? Sie ist kleiner, sodass das Personal weniger aufräumen muss."

„Wenn du möchtest." Ich war noch nie in der Lounge gewesen. Es gab so viele Zimmer, die ich in dieser Villa noch nie gesehen hatte.

Als er meine Hand nahm und sie in seine Armbeuge legte, spürte ich einen Schauder in mir aufsteigen. „Das würde mir sehr gefallen." Er führte mich zuerst in die Küche. „Rudy, wir werden heute Abend in der Lounge essen."

„Ja, Sir", sagte der Koch und machte sich wieder an die Arbeit.

Wir gingen zur Lounge und als Alex die Tür aufstieß, dachte ich, ich wäre in einer kleinen Taverne. Eine Bar aus geschnitztem Holz befand sich an der gegenüberliegenden Wand. Als er auf einen Schalter drückte, gingen die Lichter darüber an und all die vielen Flaschen, die mit verschiedenen alkoholischen Getränken gefüllt waren, glitzerten.

Drei kleine Tische standen in dem schwach beleuchteten Raum. Er ging zu einem, zog einen Stuhl hervor und rückte ihn für mich zurecht. Dann setzte er sich auf den Stuhl gegenüber. „Sieht so aus, als hättest du heute Abend Pläne."

„Ich werde nach dem Abendessen meine ehemaligen Mitbewohnerinnen treffen." Ein Anflug von Enttäuschung lag in seinen eisblauen Augen. „Es sei denn, ich muss zu Hause bleiben. Ich habe nicht einmal daran gedacht zu fragen, ob du auch Pläne hast. Wie unhöflich von mir. Ich werde nicht gehen. Es ist keine große Sache." Ich fühlte mich wie eine Idiotin, weil ich ihn nicht gefragt hatte.

„Nein. Du kannst gehen, Ky." Er sah auf, als eine der Assistentinnen des Küchenchefs mit einer Flasche Wein, zwei Gläsern und einer Käseplatte hereinkam. „Danke, Delia."

Sie füllte lächelnd die Gläser und ließ uns dann wieder in Ruhe. Ich nahm einen Schluck Wein. Meine Nerven waren angespannt und ich brauchte etwas, um sie zu beruhigen. „Okay, dann gehe ich. Wenn du heute Abend nichts vorhast."

Schweigend sah er mich an, als wollte er noch etwas sagen, aber dann lächelte er nur. „Ich habe keine Pläne, Ky. Ich mache mir einfach einen ruhigen Abend zu Hause."

Es klang fast so, als wäre er einsam. Er würde nicht einmal Tabby zur Gesellschaft haben, da sie schon im Bett war. „Was wirst du hier alleine machen?"

Achselzuckend sagte er: „Wahrscheinlich fernsehen."

„Das wollten wir auch." Ich wollte ihn aus irgendeinem Grund nicht allein zu Hause lassen. Der Gedanke, dass er einsam herumsaß und fernsah, machte mich irgendwie traurig. „Wie wäre es, wenn ich zu Hause bleibe und mir etwas mit dir anschaue? Ich werde ein paar

Cocktailrezepte online suchen und etwas für uns machen. Du hast so ziemlich alles, was ein Barkeeper brauchen könnte. Es wird Spaß machen. Hast du dir schon einmal *Vampire Diaries* angesehen?"

Er schüttelte den Kopf und seine sanfte Stimme ließ mich erbeben. „Bist du sicher, dass du deinen Freitagabend mit mir verbringen willst?"

„Ja." In Wahrheit war ich ziemlich aufgeregt darüber. „Ich wollte sowieso herausfinden, wie dir dein neuer Job gefällt." Ich nahm mir ein Stück Käse zum Knabbern und sah, wie er mich anlächelte.

„Er gefällt mir sehr gut." Er spiegelte mich und nahm sich auch ein Stück Käse. „Und es gefällt mir, dass du endlich vor mir isst, ohne dass ich dich dazu überreden muss."

Meine Wangen wurden vor Scham heiß. „Um ehrlich zu sein, habe ich aus unbekannten Gründen gehungert. Das ist dumm – und unreif und kindisch."

„Du warst einfach überwältigt." Er tätschelte meine Hand, die neben meinem Glas Wein auf dem Tisch lag. „Du hast nie damit gerechnet, diesen Job zu bekommen."

„Nein, das habe ich nicht." Alles fühlte sich für mich wie ein Schock an, einschließlich dieser überwältigenden Anziehung, die ich für ihn empfand. „Ich gewöhne mich langsam an die neue Umgebung. Mein Appetit ist zurückgekehrt."

„Ich bin froh darüber." Seine Hand blieb auf meiner. „Und wie gefällt es dir, auf Tabby aufzupassen? Sei ehrlich. Es kann nicht so toll sein, wie du es wirken lässt."

„Doch, es ist wirklich so toll." Ich hatte immer viel Spaß mit dem kleinen Mädchen. „Ich habe mich in deine Tochter verliebt, Alex. Sie ist so ein entzückendes Kind. Ich wache auf und freue mich darauf, sie zu sehen. Es ist verrückt, aber wahr. Und als ich sie heute früher ins Bett gebracht habe, weil sie so erschöpft war, habe ich ihre Gesellschaft danach tatsächlich vermisst." Ich sah direkt in seine wunderschönen Augen. „Danke für diese Möglichkeit. Ich hatte keine Ahnung, dass ich so empfinden könnte."

„Ja, ich auch nicht." Er nahm einen Schluck von seinem Wein. „Also, erzähle mir mehr von dir, Ky."

„Es gibt nicht viel zu erzählen." Ich hatte nicht viel mit meinem Privatleben gemacht. „Ich habe seit meinem sechzehnten Lebensjahr in einem Lebensmittelgeschäft gearbeitet. Nach meinem High-School-Abschluss habe ich ein Community College besucht. Ich habe mein Auto verkauft, um den Unterricht zu bezahlen, anstatt mich mit Studentendarlehen zu verschulden."

„Kluger Schachzug." Endlich nahm er seine Hand von meiner. „Ich bin zur Navy gegangen. Sie hat mein Medizinstudium bezahlt. Mein Vater hat mich nach der High-School ermutigt, dort einzutreten. Ich hatte schlechte Angewohnheiten, habe Alkohol getrunken und Marihuana geraucht. Er nahm an, dass mir der Militärdienst nützen könnte, und das tat er auch. Seltsam, dass er und der Rest meiner Familie heutzutage mit dem Verkauf von Marihuana Geld verdienen."

„Tun sie das? Wo?"

„In Colorado. Wo es legal ist." Er legte den Kopf schief, als würde er an etwas denken. „Wenn ich Tabby nächsten Monat zu ihnen bringe, triffst du sie."

Er nimmt mich mit zu seinen Eltern?

Natürlich tut er das. Du arbeitest für ihn und kümmerst dich um sein Kind, du Närrin!

„Das wird cool." Ich nahm einen Schluck Wein. „Wie ist es in der Navy? Das habe ich mich immer gefragt. Warst du jemals in einer Schlacht?"

„Ich habe einiges gesehen." Er knöpfte sein weißes Hemd auf und mein Atem stockte in meiner Kehle. Sein muskulöser Bauch wurde sichtbar und dann entblößte er seinen Oberkörper ganz und zeigte mir ein unglaubliches Anker-Tattoo. „Das habe ich mir in Thailand stechen lassen, als Erinnerung an diese Zeit."

Meine Muschi wurde beim Anblick seiner massiven Brustmuskeln feucht. *Kann ich sie anfassen?* „Das muss ganz schön hart gewesen sein."

„Das war es." Er ließ sein Hemd offen und hob das Weinglas an. Meine Augen wanderten zu seinem Bizeps, als er sich bewegte. „Manchmal habe ich Albträume, dass ich das Militär nie verlassen habe und dieses Leben nichts weiter als eine Illusion ist." Er stellte das Glas ab. „Und als Rachelle krank wurde und starb, betete ich, es sei nichts weiter als ein Traum."

„Aber du bist für deine Tochter stark geblieben."

Er nickte und sah zu Boden. „Ja. Sie ist alles, was ich habe."

Er hat mehr verdient. So viel mehr.

7

ALEX

Mit offenem Hemd vor Ky zu sitzen war nicht das, was ich vorgehabt hatte. Ich konnte nicht einmal dem Wein die Schuld geben, da ich nur ein paar Schlucke getrunken hatte.

Etwas verlegen knöpfte ich mein Hemd wieder zu und war froh zu sehen, dass Delia mit unseren Tellern hereinkam, um das Essen zu servieren. „Steak und Hummer."

Ky war überrascht. „Oh, wow!"

Ihr glücklicher Gesichtsausdruck tat etwas mit meinem Herzen. „Ich habe heute Nachmittag Rudy angerufen, weil ich dachte, dass du das magst."

Sie sah mich mit noch größerem Erstaunen an. „Das hast du für *mich* getan?" Sie legte ihre Hand auf ihre Brust und ich warf einen kurzen Blick auf ihr Dekolleté, das sie noch nie zuvor gezeigt hatte. Bei dem Anblick lief mir das Wasser im Mund zusammen.

„Ja." Ich hatte etwas Extravagantes für Kys Abendessen gewollt. „Ich dachte, du hattest in deinem Leben noch nicht viele Gourmet-Gerichte."

„Das hatte ich wirklich nicht." Sie beäugte den Teller hungrig. „Vielen Dank, Alex."

Es machte mich glücklich zuzusehen, wie sie ihr Essen genoss. Wir aßen alles auf und gingen dann in den Medienraum, um fernzusehen. Ky nahm das Babyfon aus der Tasche ihres Kleides und stellte es auf den Tisch neben ihrem Sessel.

„Du hast einen natürlichen Instinkt bei Kindern, Ky. Ich habe nie daran gedacht, ein Babyfon mit mir herumzutragen. Wann immer Tabby schlafen ging, war ich in ihrem Zimmer gefangen, damit ich es hörte, wenn sie aufwacht. Ich habe mehr Nächte auf dem Boden des Mädchens geschlafen, als mir lieb ist."

„Gut, dass ich jetzt hier bin." Sie sah die Fernbedienung auf dem Tisch und streckte die Hand danach aus. Ihre gerundete Hüfte fiel mir ins Auge, als sie mir die Fernbedienung reichte, während ich mich auf dem Sessel neben ihrem niederließ. „Bitte schön."

„Also, *Vampire Diaries*, hm?" Ich schaltete den riesigen Flachbildschirm an der Wand ein. „Ist das auf Netflix?"

„Ja." Sie zog ihre Schuhe aus und zog dann ihre Beine unter sich, um es sich bequem zu machen. „Oh, ich hätte fast vergessen, uns meine Apfelmartinis einzuschenken." Sie sprang auf und ging zu dem Tablett, das sie mitgebracht hatte. Bevor wir die Lounge verlassen hatten, hatte sie den Cocktail gemischt und zwei Martini-Gläser geholt.

Ich fand die Sendung, die sie sehen wollte, und fragte: „Kann ich von vorn anfangen?"

„Natürlich." Sie kam zurück und reichte mir ein Glas. „Hier, für dich."

Ich nahm einen Schluck. „Mm. Das schmeckt wirklich nach Äpfeln."

„Ja, das tut es." Sie nahm wieder Platz und ich sah sie mit Begierde an. Ich hatte mein Verlangen nach ihr nie vollständig unter Kontrolle bekommen und begann mich zu fragen, ob ich das jemals tun würde.

Nachdem wir drei Folgen angeschaut hatten, sah ich, wie Ky langsam einnickte, und beschloss, dass es Zeit fürs Bett war. Wir gingen zusammen die Treppe hinauf und es fühlte sich fast so an, als hätten wir ein Date gehabt. „Ich hatte heute Abend viel Spaß, Ky."

Sie blieb mit einem Lächeln vor der Tür zu ihrer Suite stehen. „Ich bin froh, dass ich zu Hause geblieben bin."

„Ich auch." Der Drang, sie zu küssen, überwältigte mich fast, als wir direkt vor ihrem Schlafzimmer standen. Ich stellte mir vor, wie ich sie hineinbrachte, auf das Bett legte und die Kleider von ihrem kurvigen Körper zog. „Dann gute Nacht."

„Gute Nacht." Sie ging in ihr Zimmer und schloss leise ihre Tür. Ich schaute nach unten und sah, wie mein Schwanz in meiner Jeans anschwoll. „Scheiße."

Ein paar Türen weiter ging ich in mein Zimmer, um eine heiße Dusche zu nehmen. Ich hatte schon eine Weile nicht mehr onaniert und meine Eier begannen zu schmerzen. Ich riss mir in Rekordzeit meine Kleider vom Leib und seifte mich für eine dampfende Fantasie mit Ky in der Dusche ein, um mein aufgestautes Verlangen abzubauen.

Ihre glatte Haut unter meinen Händen, ihre Lippen schmollend und voll, das Gefühl, wenn ihre Nägel meinen Rücken berührten – bei all dem bekam ich Gänsehaut.

Ich konnte immer noch ihren süßen Duft riechen, als ich mich berührte und so tat, als wäre sie es. „Ky, meine süße kleine Ky, was du mir antust, ist verrückt."

Sie hob ihr Gesicht zu mir und öffnete die Lippen. Dann eroberte ich sie mit einem langsamen, brennenden Kuss, der meinen Schwanz noch härter werden ließ. Ihre Zunge strich über meine und verführte mich, sie mich noch inniger küsste.

Ich klammerte mich an ihren nackten Körper, presste meine Zunge tiefer in ihren Mund und hoffte, dass sie meinen Schwanz darin aufnehmen würde. Sie verstand die Andeutung, löste ihren Mund von meinem und glitt mit ihren Körper nach unten, bis sie auf den Knien landete, sodass ihr schönes Gesicht auf der gleichen Höhe wie meine Erektion war.

Sie schürzte die Lippen und küsste die Spitze des massiven Schafts, der sich nach ihrer Aufmerksamkeit sehnte. Ihre weichen Hände glitten darüber und dann wieder nach oben. Sie presste ihre

Lippen noch einmal auf die Spitze, öffnete sie und leckte immer weiter, während sie mich streichelte.

Ich musste mich an die warme, geflieste Wand der Dusche lehnen, wo das Wasser über mein Gesicht lief, als ich vor Begierde, Lust und Leidenschaft fast verrückt wurde. „Hör nicht auf, Süße."

Ihr Mund öffnete sich weit, um mich aufzunehmen. Ihre Hitze umhüllte meinen harten Schwanz, dann bewegte sie ihren Kopf nach vorn, bis ich spürte, wie ihr Rachen die Spitze meines pulsierenden Glieds berührte.

„Tiefer, Baby." Ich fuhr mit meinen Händen durch ihre Haare und wickelte sie um meine Finger, als ich ihren Kopf bewegte. „Nimm mich, Baby."

Ihr Mund fühlte sich magisch an, als ich ihren Kopf vor und zurück bewegte. Jeder Teil meines Körpers stand für sie in Flammen. Ich wollte meinen Schwanz tief in ihrer nasses Muschi versenken, aber zuerst würde sie meinen Samen kosten, alles schlucken und mich dann um mehr anflehen.

Sie bewegte eine Hand, umfasste meine Eier und massierte sie zärtlich, während sie sanft meinen Schwanz leckte. Ihr hübscher Kopf sah fantastisch aus, als er vor mir auf und ab glitt.

Meine Atmung wurde unregelmäßig, als ich sah, wie sie mich ganz in sich aufnahm. Dann zuckte mein Schwanz in ihrem Mund und ich stöhnte, als ich kam. Sie schluckte alles, bevor sie ihren Mund von mir zog und mich zitternd zurückließ. „Alex, jetzt will ich dich in mir haben."

„Oh ja!" Ich nahm sie bei den Schultern, drehte sie um und drückte sie nach unten, bis sie auf allen Vieren war. Dann stieß ich meinen harten Schwanz von hinten in sie und brachte sie zum Wimmern.

Ich fickte sie hart und schnell. Ihre scharfen Atemzüge und ihr leises, lustvolles Stöhnen erfüllten meine Ohren. Ihre süße Stimme flüsterte: „Fick mich, Alex. Bitte fick mich härter."

Ich wurde immer schneller, als ich ihr zeigte, wem sie gehörte. „Du gehörst mir, Ky. Nur mir."

„Ja", seufzte sie. „Dir. Ich gehöre dir, Alex. Nur dir."

Ich bewegte mich immer schneller und härter und spürte, wie ihr Inneres um meinen Schwanz herum erbebte. Dann ließ ich sie zum Höhepunkt kommen und fand ebenfalls Erlösung. „Nur mir!"

Keuchend lehnte ich meinen Kopf an die Duschwand, während mein Körper zitterte. Es war gut, aber nicht so, wie es mit dieser Frau in der Realität sein könnte. Mit dieser Frau, die hier unter meinem Dach war – nur ein paar Meter von mir entfernt.

Ich schnappte mir ein Handtuch, trocknete mich ab und ging dann ins Bett, ohne mir die Mühe zu machen, einen Pyjama anzuziehen. Wenn Tabby aufwachte, würde Ky sich um sie kümmern.

Ky war in mein Zuhause und in mein Leben gekommen und meine Tochter hatte nun zum ersten Mal so etwas wie eine Mutter. Rachelle hatte nicht viel tun können, da sie nur wenige Monate nach Tabbys Geburt erkrank war. Sie konnte keine Mutter für Tabby und keine Ehefrau für mich sein.

Als ich in meinem Bett lag, das ich nie mit meiner Frau geteilt hatte, dachte ich über meine Situation nach. Ich hatte seit fast drei Jahren keinen Sex mehr gehabt.

Beruhte meine Anziehung zu Ky nur darauf, dass sie die erste Frau war, die länger mit mir zusammen war? Oder war es mehr?

Ky war wunderbar. Sie war wie ein Engel, der für mich und Tabby vom Himmel geschickt worden war. Vielleicht war es nicht richtig, dass ich sexuelle Fantasien über die junge Frau hatte. Ich wusste es nicht – aber ich fühlte mich ihnen hilflos ausgeliefert.

Das war nicht meine erste Fantasie über Ky. Ich hatte viele davon gehabt, seit sie hergekommen war, um für mich zu arbeiten. Und ich hatte viele Träume von ihr gehabt – Träume, in denen sie und ich nicht Arbeitgeber und Angestellte waren, sondern viel mehr.

Kann Ky jemals das sein, was sie für mich in meinen Träumen ist? Habe ich überhaupt das Recht, sie um mehr zu bitten, als sie mir bereits gegeben hat?

Dreizehn Jahre trennten uns. Waren das zu viele Jahre, um meiner Anziehung zu ihr nachzugeben? War es richtig von mir, die junge Frau zu verführen, obwohl sie für mich arbeitete?

Etwas sagte mir, dass es nicht so war. Ich brauchte eine Weile Abstand von ihr. Ich musste für eine Weile fort und den Kopf freibekommen.

Es war so verdammt lange her, dass ich mit einer Frau zusammengelebt hatte. Und mit Rachelle zusammenzuleben war nicht dasselbe gewesen, wie es mit einer Ehefrau zu tun.

Ich hungerte nach Zuneigung. Das muss es sein.

Es war aber nicht richtig, sie bei der jungen Frau zu suchen, die sich um mein kleines Mädchen kümmerte. Ich musste sie woanders finden.

Oder?

Was, wenn Ky die perfekte Frau war? Sie war jung, wunderschön und unschuldig. Zumindest schien sie unschuldig zu sein. Sie benahm sich nicht wie die meisten Frauen in ihrem Alter. Sie flirtete nie und zeigte nie mehr Haut als nötig.

Ky muss noch Jungfrau sein.

Mein Schwanz regte sich bei diesem Gedanken. *In deinem Haus ist eine Jungfrau, Kumpel. Das sollten wir unbedingt ändern.*

Ich zog die Decke hoch und warf ihm einen finsteren Blick zu. „Wie kannst du es wagen, so über Ky zu sprechen? Sie ist keine Schlampe, weißt du?"

Und jetzt rede ich auch noch laut mit mir selbst.

Ich zerrte die Decke wieder nach unten und wollte, dass mein Schwanz aufhörte, mich zu quälen. Dass Ky Jungfrau war, hätte mir gleichgültig sein sollen.

Sie sprach nicht über ihr Sexualleben. Sie würde nie von selbst zu mir kommen. Warum also gefiel mir der Gedanke, dass sie eine unschuldige junge Frau war, die ich für andere Männer ruinieren und zu meinem Besitz machen könnte?

Wann bin ich so ein Tier geworden?

Ich musste wirklich für eine Weile die Stadt verlassen. Distanz zwischen uns zu bringen wäre das Richtige. Das war alles, was ich brauchte: Etwas Distanz und Zeit, um mich wieder unter Kontrolle zu bekommen.

Wenn es so weiterging würde ich in kürzester Zeit an Kys Tür klopfen und sie anflehen, meinen Schwanz in ihre süße, unschuldige Muschi aufzunehmen.

Guter Gott, Alex!

8

KY

Als ich am nächsten Morgen aufwachte, fand ich Tabbys Bett leer vor und war zu Tode erschreckt. Ich rannte los, um an Alex' Tür zu klopfen, und fand das Dienstmädchen beim Putzen in seinem Zimmer. „Wissen Sie, wo Alex und Tabby sind?"

„Sie sind heute früh abgereist. Ich habe sie gesehen, als ich herkam", sagte Bernadette. „Er sagte, sie reisen nach Spokane, um die Großeltern der Kleinen zu besuchen." Sie zog etwas aus der Tasche ihrer Schürze. „Das soll ich Ihnen geben."

Ich nahm den weißen Umschlag aus ihrer Hand, ging zu meiner Suite zurück und öffnete ihn. Auf dem Zettel stand, dass Alex die spontane Entscheidung getroffen hatte, mit Tabby zu den Eltern seiner Frau zu reisen. Sie würden am Sonntagabend zurück sein. Ich hatte das Wochenende frei und konnte alle Autos benutzen, die ich wollte, während sie weg waren.

Der Vorabend war so schön gewesen, dass ich gedacht hatte, wir könnten an diesem Wochenende noch mehr zusammen machen.

Ich setzte mich auf das Sofa im Wohnbereich meiner Suite und beschloss, an diesem Abend mit meinen Freundinnen auszugehen.

Ich musste mich von Alex ablenken. Und Tabby vermisste ich jetzt schon.

Ich rief Carla an und versuchte, in mein eigenes Leben zurückzukehren. „Du bist früh auf", sagte sie, als sie ran ging

„Ja", sagte ich. „Willst du heute mit mir abhängen und am Abend vielleicht ausgehen?"

„Whoa! Träume ich?", fragte sie mit schockierter Stimme. „Du willst ausgehen?"

„Ja. Mein Chef besucht mit seiner Tochter dieses Wochenende ihre Großeltern und ich langweile mich. Ich bin noch nie mit euch Mädchen ausgegangen. Vielleicht ist es an der Zeit. Ich lade euch ein. Wir können vorher sogar in den Salon gehen und uns hübsch machen lassen."

„Wer spricht da?", fragte Carla und lachte. „Und wo ist meine Freundin hingegangen?"

„Sei einfach bereit. Ich hole dich gleich ab."

„Hast du ein Auto gekauft?"

„Nein, aber mein Chef hat gesagt, ich kann einen seiner Wagen benutzen, während er weg ist. Ich schätze, er hat dem Fahrer das Wochenende auch frei gegeben." Ich konnte nicht anders, als das Gefühl zu haben, dass Alex wegen unserer gemeinsamen Abend abgereist war. *Hatte er etwa Angst vor mir?*

Vielleicht hatte er mich dabei erwischt, wie ich ihn angeschmachtet hatte. Vielleicht wusste er nicht, wie er mir sagen sollte, dass er keine sexuelle Beziehung wollte. Vielleicht wollte er mich feuern.

„Cool, suche dir einen schnellen Wagen aus", sagte Carla mit einem unheilvollen Unterton in ihrer Stimme.

„Ich werde Alex' Auto nicht für ein Rennen missbrauchen, Carla. Und alles, was ich heute Abend trinken kann, ist ein Drink, da ich fahren werde." Ich dachte nach und fügte hinzu: „Vergiss es. Ich werde überhaupt nichts trinken, da ich fahren werde."

„Jetzt hörst du dich an wie die Ky, die ich kannte, bevor sie Kindermädchen wurde." Der Seufzer, den sie machte, sagte mir, dass sie enttäuscht war. „Wie wäre es mit einem Taxi, dann können wir alle etwas trinken? Ich möchte, dass du Spaß hast. Einen Moment lang hast du dich angehört, als würdest du das auch wollen."

Sie hatte recht. Ich war schon immer so gewissenhaft gewesen. „Okay. Ich komme mit einem Auto zu dir und wir können mit dem Auto einkaufen und uns die Haare und das Make-up machen lassen. Dann parken wir das Auto vor der Wohnung, während wir ausgehen. So habe ich Spaß, aber auf eine verantwortungsbewusste Art."

„Oh Mann, du bist wie eine alte Tante, Ky", stöhnte sie. „Komm einfach her."

Es war mir ehrlich gesagt egal, ob mich jemand eine alte Tante nannte. Gruppenzwang funktionierte bei mir nicht. Meine Mutter sagte, ich hätte eine alte Seele. Was auch immer das war, ich wusste es besser, als mich in Schwierigkeiten zu bringen.

Zumindest bis ich Alex kennengelernt hatte. Jetzt schien es, als hätte ich ihn mit meiner Schwärmerei verscheucht. Und ich hatte mich so sehr bemüht, meine Gefühle nicht zu zeigen. Ich musste einen Mann finden, der Alex aus meinem Kopf verdrängte.

Ich war noch nie auf der Suche nach einem Kerl gewesen. Das war Neuland. Aber ich hatte das Gefühl, dass ich aufhören würde, mich nach meinem Chef zu sehnen, wenn ich einen anderen Mann hätte. Ich musste so schnell wie möglich damit aufhören, sonst könnte ich meinen Job verlieren. Und ich liebte meinen Job.

Nachdem ich mir geschworen hatte, in dieser Nacht zumindest einen Kerl zu küssen, wurde mir ein wenig übel. Aber ich musste etwas tun. Die sexuelle Anspannung, die ich spürte, wenn Alex in der Nähe war, machte mich wahnsinnig.

Ich hatte in der Nacht eine Fantasie über Alex gehabt, die in mir den Drang geweckt hatte, in sein Zimmer zu gehen und ihn zu verführen. Wenn ich nichts unternahm, würde ich mich irgendwann in das Bett des Mannes schleiche und was dann?

Du würdest gründlich gefickt werden, das würde passieren.

Kopfschüttelnd sammelte ich meine Sachen ein und ging in die Garage. Ich wusste es besser, als meiner inneren Hure zu glauben, die erst kürzlich zum Leben erwacht war.

Alex würde mich nicht gründlich ficken. Er würde mir sagen,

dass ich aus seinem Zimmer, seinem Zuhause und dem Leben seiner Tochter verschwinden sollte, und mich entlassen. Und er würde recht damit haben.

Als ich durch das Haus ging, schien es, als hätte Alex allen außer einem Dienstmädchen am Wochenende frei gegeben. Ich betrat die Garage und sah mir die fünf Autos dort an. Er hatte noch mehr davon. Sechs waren noch in Spokane.

Er war allerdings kein Autosammler – seine Frau war es gewesen. Und sie war diejenige gewesen, die den babyblauen Mercury Cougar, der ganz hinten stand, ausgesucht hatte.

Ich schaute nach oben. „Rachelle, wäre es in Ordnung, wenn ich mir deine kleine Schönheit ausleihe?"

Kein Donner grollte und kein Blitz schlug ein, was bedeutete, dass sie damit einverstanden war. Ich nahm die Schlüssel von dem Brett an der Wand und stieg in das fast brandneue Auto.

Es war drei Jahre alt, hatte aber nur vierhundert Meilen auf dem Tacho. Das butterweiche Leder roch immer noch neu. Ich stellte mir vor, wie Rachelle diesen Wagen fuhr.

Alex hatte nicht viele Bilder von seiner Frau im Haus, aber in Tabbys Zimmer waren drei. Eins mit Tabby als Neugeborenes. Eins mit Alex und Tabby, als sie etwas älter war, und eins, auf dem Rachelle allein und schwanger war.

Tabby sah wie ihre Mutter aus: Lange blonde Haare, smaragdgrüne Augen und ein paar Sommersprossen auf der Nase ließen sie wie Doppelgänger wirken.

Ich stellte mir vor, dass Alex und ich eine Tochter hatten, die aussah wie er: Eisblaue Augen, dunkles, welliges Haar und wunderschön.

Kopfschüttelnd drückte ich den Knopf, um das Garagentor zu öffnen, und fuhr los. Es war Zeit, Alex und Tabby eine Weile zu vergessen.

Carla und ich hatten einen verdammt tollen Tag, gingen einkaufen, machten eine Spritztour und stiegen dann in ein Taxi, um zu einem Club zu fahren, den sie gern besuchte. Dort trafen wir die anderen Mädchen und hatten sehr viel Spaß.

Wir tanzten zu einem harten Beat in der Menge. Als ich eine Hand auf meinem Hintern spürte, wirbelte ich herum und sah einen Typen, der mich anlächelte. Seine Arme waren so dünn wie seine Beine und er war nicht mein Typ.

Ich sagte nichts zu ihm, sondern ging einfach weg und ließ ihn ein anderes Mädchen zum Begrapschen finden. Carla hatte eine Frau gefunden und die beiden tanzten eng umschlungen, während ich mich völlig fehl am Platz fühlte.

Ein Drink könnte mir helfen, lockerer zu werden.

Ich ging an die Bar und bestellte einen Seven and Seven. Ich wusste nicht, was das war, aber ich hatte schon einmal gehört, wie Carla es bestellte. Es war eine angenehme Überraschung, weil es wie 7 Up schmeckte. Ich stürzte ein Viertel davon ziemlich schnell herunter, da ich von all dem Tanzen und der Wärme der Körper im Raum überhitzt war.

Als ich einen Platz abseits der Tanzfläche fand, wurde ich von einem Mann ins Visier genommen. Einem älteren Mann: Gutaussehend, fit, muskulös. Er kam auf mich zu und hielt dabei ein Glas mit einer dunklen Flüssigkeit in der Hand. „Hallo. Ich habe dich noch nie hier gesehen. Neu in der Stadt?"

Ich schüttelte den Kopf. „Nein. Ich habe mein ganzes Leben hier verbracht. Ich bin nur neu in der Clubszene, das ist alles."

Seine dunklen Augen wanderten über mich und ich hatte den Drang, wegzulaufen, aber ich blieb, wo ich war. „Neu in der Clubszene? Wie alt bist du, Baby?"

Ich mochte nicht, dass er mich so nannte. So nannte mich Alex in meinen Fantasien über ihn. „Zweiundzwanzig. Und du?"

„Dreiunddreißig." Er grinste. „Ist das zu alt für dich, Baby?"

Ich verlagerte mein Gewicht auf mein anderes Bein. Meine Füße taten weh, weil Carla mich gezwungen hatte, Schuhe mit acht Zentimeter hohen Absätzen zu kaufen. Ich schüttelte wieder den Kopf. „Nein, das ist nicht zu alt." Ich interessierte mich schließlich für Alex, der bereits fünfunddreißig war. „Meine Mutter sagt, ich bin eine alte Seele."

„Was auch immer das bedeutet", sagte er und sah von mir weg zu einem anderen Mädchen, das vorbeiging.

„Wow", sagte ich und folgte seinem Blick. „Du solltest ihr nachgehen."

Er sah mich an. „Nein. Was ich hier sehe, ist besser."

Mir gefiel seine Art nicht. „Hör zu, ich bin nicht interessiert. Geh einfach."

Mit großen Augen drehte er sich um und verließ mich. Ich sah ihm dankbar nach. Sicher, ich hatte geschworen, zumindest einen Kerl zu küssen, aber ich wollte nicht wie ein Stück Fleisch behandelt werden.

Ich setzte mich auf einen Barhocker in der Nähe und sah einen anderen Mann auf mich zukommen. „Hey, sexy Lady."

Ich streckte meine Hand aus. „Mein Name ist Ky, nicht sexy Lady. Und du bist ...?"

„Geil", sagte er mit einem Grinsen, als er meine Hand in seine nahm, ohne sich die Mühe zu machen, sie zu schütteln. „Willst du mit mir auf der Männertoilette einen Quickie haben?"

„Hat dieser Spruch bei den Frauen wirklich Erfolg?" Ich zog meine Hand aus seiner.

„Die ganze Zeit." Seine Hand fuhr durch die dichten dunklen Haare auf seinem Kopf, während seine haselnussbraunen Augen bei meinem Anblick funkelten. „Du bist verdammt heiß. Ich will dich. Jetzt."

Oh nein!

„Ich muss verdammt noch mal hier raus." Ich stand auf und stellte meinen Cocktail auf die Bar.

Seine Hand packte mein Handgelenk, bevor ich ihm entkommen konnte. „Sei nicht so." Er zog meine Hand nach unten, bis ich die Wölbung in seiner Hose spürte. „Dir wird gefallen, was ich habe, das verspreche ich dir."

Ich riss meine Hand zurück und schlug ihm ins Gesicht, bevor ich eilig den Club verließ. Carla hatte alles gesehen und lief mir nach. „Was hat der Typ zu dir gesagt, Ky?"

„Nur die üblichen Arschloch-Sprüche." Ich war wütend und wollte einfach nur weg. „Dieser Ort ist eine Kloake."

Carla lachte. „Was zum Teufel ist eine Kloake, Ky?"

„Du weißt schon, wie ein Abwasserkanal, Carla. Wie kannst du zu Orten wie diesem gehen?" Wie konnte sie es ertragen, dass die Leute so mit ihr sprachen?

„Hör zu, ich weiß, dass dieser Ort ein wenig wild ist", gab sie zu, als ein Taxi vorfuhr. „Komm. Wir gehen in einen Club mit mehr Stil."

Ich wollte nirgendwo anders hingehen. Aber ich hatte mir etwas geschworen, also fuhren wir zu einem anderen Club.

Vielleicht kann dort jemand meine sexuelle Frustration beseitigen und dafür sorgen, dass ich mir Alex aus dem Kopf schlage.

9

ALEX

Als ich mit Tabby hinten im Lincoln saß, während Steven uns am späten Sonntagabend vom Flughafen nach Hause fuhr, konnte ich das Gefühl, das ich hatte, nicht abschütteln. In der Nähe von Rachelles Eltern zu sein brachte mich immer aus dem Gleichgewicht.

Es war eigenartig, ohne meine Frau bei ihnen zu sein. Ich fühlte mich danach wieder leer. Wieder allein. Ich hatte gedacht, ich hätte das zumindest teilweise überwunden, weil Ky jetzt da war, aber es war ein Fehler gewesen, nach Spokane zurückzukehren. Dennoch würde ich es immer wieder tun müssen, damit Tabby ihre Großeltern sehen konnte.

Bevor ich Spokane verließ, musste ich ihnen versprechen, Tabby so oft wie möglich zu ihnen zu bringen. Aber als ich dieses Versprechen abgab, hatte ich keine Ahnung, wie schwierig es sein würde, dorthin zurückzukehren.

Rachelles Grab zu besuchen war auch nicht einfach. Als Gabby die Blumen, die wir mitgebracht hatten, auf das Grab legte, hätte ich fast geweint. Ich wollte es einfach nur hinter mich bringen.

Es musste mehr für mich geben. Das konnte nicht alles sein.

Wir hielten vor unserem Haus an und ich stieg aus. Tabby war in ihrem Kindersitz eingeschlafen und ich hob sie hoch und trug sie hinein. Als ich den Flur entlang ging, öffnete sich die Tür zu Kys Suite und sie stand in einem rosa Nachthemd vor mir.

„Oh!", rief Ky und schloss hastig die Tür. „Ihr seid zurück!"

Mit nur einem Blick bemerkte ich, dass sich ihre Brustwarzen gegen den Satinstoff pressten und ihre Oberschenkel so blass waren wie ihr Gesicht. „Ja, wir sind zu Hause."

Und ich bin so hart für dich.

Meine Tochter ins Bett zu bringen, während ich gegen eine Erektion ankämpfte, war nicht angenehm.

Schnell legte ich Tabby ins Bett, zog ihr die Schuhe aus und deckte sie zu. Ich schaltete das Babyfon ein, bevor ich sie verließ und zurück in den Flur ging.

Ich stand lange da und versuchte, nicht zu Kys Tür zu gehen, aber ich verlor diesen Kampf und klopfte bei ihr an. Sie öffnete und trug jetzt einen weißen Frotteebademantel, der ihren Körper vor meinen neugierigen Augen verbarg. „Ja, Alex?"

„Können wir uns kurz unterhalten?", fragte ich sie, wusste aber nicht, warum.

„Sicher." Sie wich zurück. „Komm rein." Sie setzte sich auf einen Sessel und sah zu, wie ich mich auf dem Sofa niederließ. „Du wirkst ganz durcheinander."

„Das bin ich auch." Konnte sie bereits erkennen, wann ich nicht ich selbst war? „Es geht um das Treffen mit Rachelles Eltern. Es hat sich bizarr angefühlt. Ihre Mutter fragt mich viel zu oft, wie es mir ohne sie geht."

„Und was sagst du ihr?", fragte Ky, als sie ihren Bademantel enger um sich zog.

„Dass es mir gut geht. Es ist nicht das, was sie hören möchte. Sie glaubt mir nicht. Sie will mich zum Weinen bringen. Ich schwöre, dass sie das will. Warum sonst sollte sie ständig darauf hinweisen, dass Tabby ihre Mutter nie kennenlernen wird?"

Ky nickte mitfühlend. „Vielleicht will sie in ihrer Trauer nicht allein sein?"

Wie konnte Ky so etwas über eine Person wissen, die sie noch nie getroffen hatte? „Rachelles Vater weigert sich, viel über sie zu sprechen. Wenn er es tut, erwähnt er sie, als ob sie noch lebt."

„Also verdrängt er die Trauer und redet sich ein, dass sie nicht tot, sondern nur gerade nicht da ist." Ky bewegte sich auf dem Sessel und zog ihre nackten Füße unter sich, während sie sich vergewisserte, dass der Bademantel sie bedeckte.

Sie sollte ihn ganz ausziehen. Ihre festen Brüste unter dem dünnen Satin waren alles, was mich in diesem Moment interessierte.

Dann machte ich mir Vorwürfe, dass ich solche Gedanken hatte. Ich war deshalb weggegangen, weil ich sie aus dem Kopf bekommen musste. Aber alles, was ich getan hatte, war, an sie zu denken und mich zu fragen, was sie tat. „Also, was hast du gemacht, während wir weg waren, Ky?"

„Nichts." Sie sah mich mit entschlossenen Augen an. „Ich denke, du musst noch ein wenig über diesen Besuch sprechen, Alex. Du siehst nicht gut aus. Du hast dunkle Ringe unter den Augen. Hast du gut geschlafen?"

„Nein." Sie hatten Tabby und mich in Rachelles altem Kinderzimmer untergebracht. „Ich schwöre, diese Frau hat mich auf Schritt und Tritt gequält. Sie hat uns in dem alten Zimmer meiner Frau einquartiert – es ist wie ein Schrein. Im ganzen Raum sind Bilder von ihr zu sehen: Sie als Cheerleader an der High-School, als College-Absolventin, sogar unser Hochzeitsfoto."

Kys Augen weiteten sich. „Oh Mann. Ich wette, du hast die ganze Zeit von ihr geträumt."

„Das könnte man denken." Aber es stimmte nicht. Ich hatte stattdessen von Ky geträumt.

„Also musst du wach geblieben sein, um zu verhindern, dass die Träume weitergingen", vermutete sie.

„Ich bin immer wieder aufgewacht." In dieser Hinsicht hatte sie recht.

Ich hatte allerdings die Träume über Ky stoppen wollen. Es schien falsch, im alten Zimmer meiner verstorbenen Frau zu sein und erotische Träume zu haben, während unsere Tochter ein paar

Meter von mir entfernt schlief. Die ganze Idee, mich von Ky abzulenken, hatte überhaupt nicht funktioniert.

„Vielleicht hättest du das nicht tun sollen, Alex", kommentierte Ky. „Vielleicht solltest du von ihr träumen."

„Und was nützt das?" Das wollte ich wirklich wissen, aber ich sprach nicht von Rachelle, sondern von Ky.

„Genieße die Zeit mit ihr", sagte sie. „Auch wenn es nur ein Traum ist, genieße diesen Moment mit ihr."

In gewisser Weise hatte sie recht. Wenn ich Ky sowieso nur in meinen Träumen haben konnte, könnte ich genauso gut aufhören, dagegen anzukämpfen, und es genießen. Aber während ich mit meinem Kind in einem Zimmer schlief? Auf keinen Fall.

„Ähm, die Träume waren etwas explizit. Und Tabby war im selben Raum."

„Oh." Endlich verstand sie mich. „Aber jetzt, wo du zu Hause bist und Privatsphäre hast, solltest du dir Zeit mit deiner Frau erlauben."

Ky hatte keine Ahnung, wie es mit meiner Frau gewesen war. „Äh. Unsere Ehe war nicht dieselbe, nachdem Tabby geboren wurde. Rachelle erkrankte einige Monate nach der Geburt an Gebärmutterhalskrebs ... Wenn ich zu viel erzähle, sag mir einfach, dass ich aufhören soll."

„Okay", sagte sie mit ernstem Gesicht.

„Wie auch immer, das letzte Mal, dass wir Sex hatten, war eine Woche vor Tabbys Geburt." Ich verstummte.

Was ich auf Kys Gesicht sah, führte dazu, dass ich mich schrecklich fühlte. Dort war so viel Traurigkeit. Ich war wirklich erbärmlich. „Es ist also mehrere Jahre her?"

Ich nickte. „Seit Rachelle gab es keine andere Frau."

„Das muss hart sein." Sie sah auf den Boden. „Du musst sie wirklich geliebt haben."

„Ja." Ich war bis zum Ende ein treuer Ehemann gewesen. Aber jetzt war es vorbei. Ich musste mich nicht mehr an mein Ehegelübde halten. „So sehr ich sie auch liebte – ich lerne, loszulassen. Ich kann sie nicht für immer festhalten. Sie war lange krank. Ich wollte nur, dass sie von ihrem Elend erlöst wurde. Ich ließ sie gehen, damit sie dem Schmerz entfliehen konnte."

„Das ist edel", bemerkte Ky. „Und mutig."

So stark es auch klang – ich war alles andere als das. „Nein. Ich war so müde wie Rachelle von all den Schmerzen. Als sie starb, fiel jede Menge Verantwortung von mir ab. Eine Last wurde mir von den Schultern genommen. Und ich habe mich eine Weile dafür gehasst, dass ich so empfand."

„Ich bin sicher, dass es schwer war, sie leiden zu sehen, Alex." *Woher wusste sie das?*

Ky war jung und hatte sich noch nie mit solchen Dingen befasst. „Du bist weiser, als dein Alter vermuten lässt. Hat dir das schon einmal jemand gesagt, Ky?"

„Meine Mutter nennt mich eine alte Seele." Sie lächelte. „Und ich habe die Fähigkeit, mich in andere Menschen hineinzuversetzen, besonders wenn ich mich ihnen nahe fühle."

„Also fühlst du dich mir nahe?", fragte ich. Ich wollte, dass sie so empfand, aber andererseits war es nicht angemessen.

„Ich nehme an, dass ich mich so fühle, weil ich hier mit euch zusammenlebe." Sie sah zur Seite. „Darf ich dich etwas fragen?"

„Ja." Solange es nicht darum ging, dass ich mich zu ihr hingezogen fühlte. Was würde ich dazu sagen? Das Mädchen brachte mich dazu, Dinge auszusprechen, die ich normalerweise nicht sagen würde.

„Fühlst du dich unruhig und besorgt?", fragte sie. „Das ist der Eindruck, den ich gerade von dir habe."

„Ja." Sie musste denken, dass es um meine Frau ging, aber es ging nicht um Rachelle, sondern um sie.

Ich war unruhig, denn alles, was ich wollte, war, diese Frau in meine Arme zu nehmen und zu lieben. Und ich machte mir Sorgen, weil ich wusste, dass es nicht richt war, und weil ich keine Ahnung hatte, wie lange ich mich noch davon abhalten konnte, die Dinge zu tun, von denen ich geträumt und fantasiert hatte.

„Du musst dir keine Sorgen machen, Alex." Sie sah mich mit Freundlichkeit in ihren haselnussbraunen Augen an. „Es wird Tabby gut gehen. Und dir eines Tages auch. Es ist okay, traurig zu sein. Du hast schließlich deine einzige, wahre Liebe verloren.“

Die Sache war, dass ich Rachelle einst als meine einzige, wahre Liebe betrachtet hatte – jetzt aber nicht mehr. Ich konnte mir vorstellen, mit Ky zusammen zu sein. Ich konnte mir eine Zukunft mit ihr vorstellen. Wie würde das funktionieren? Was würde Ky tun, wenn ich ihr das sagte?

„Ich hoffe, du hast recht, Ky.“ Ich wusste nicht, was ich sonst sagen sollte. „Also bist du nicht nur im Haus geblieben. Erzähl mir, was du am Wochenende gemacht hast.“

Sie sah etwas unbehaglich aus und sagte schließlich: „Ich bin früher nie ausgegangen und habe so gefeiert wie die Anderen. Du weißt schon, in Clubs.“

„Also bist du in einen Club gegangen?“ Ich verspürte einen Anflug von Eifersucht.

„Ja.“ Sie rümpfte die Nase. „Das ist nichts für mich.“

Gut.

10

KY

„Du wirkst nicht wie jemand, der in Clubs geht", sagte Alex und grinste. „Und um ehrlich zu sein, bin ich froh darüber."

Wie meinte er das? Weil er nicht wollte, dass ein Flittchen auf seine Tochter aufpasste? „Ja, ich dachte mir schon, dass du das sagen würdest."

Er sah verlegen aus, bevor er fragte: „Hat ein Typ deine Aufmerksamkeit erregt? Oder mehrere?"

Meine Wangen wurden heiß vor Demütigung, als ich an die Männer dachte, die ich getroffen hatte. „Ähm ... um ehrlich zu sein, hat keiner meine Aufmerksamkeit wirklich erregt. Ein paar Kerle sind allerdings zu mir gekommen. Einige waren aggressiver als andere."

„Wie das?", fragte er mit einem Stirnrunzeln.

Er schien eifersüchtig zu sein. Wie konnte er eifersüchtig sein, wenn er seine verstorbene Frau noch liebte? Wahrscheinlich interpretierte ich seine Worte falsch. „Ein Kerl hat meinen Hintern betatscht, ohne mein Gesicht auch nur anzusehen. Das war merkwürdig."

„Und absolut unangebracht", sagte er. „Ich hoffe, du hast ihm gesagt, dass das nicht in Ordnung war."

„Ich habe gar nichts gesagt." Die Musik war so laut gewesen, dass er mich sowieso nicht gehört hätte. „Aber ich bin von ihm weggegangen."

„Wenigstens das." Er sah etwas erleichtert aus. „Ich hoffe, das war das Schlimmste für dich."

„Nein." Ich erschauderte, als ich mich an die Erektion in der Hose des anderen Mannes erinnerte.

„War da noch mehr?" Alex sah sauer aus. „Sag es mir."

Warum ist er deswegen so wütend?

Alex sah in mir nichts anderes als das Kindermädchen seiner Tochter. *Begreife das endlich und höre auf zu denken, dass er dich für etwas anderes will.* „Nun, ein Typ kam zu mir, während ich allein an der Bar saß."

„Warum warst du allein?", fragte Alex besorgt. „Warst du nicht mit deinen Freundinnen unterwegs? Bitte sag mir nicht, dass du allein ausgegangen bist. Weißt du, wie riskant das sein könnte, Ky?"

„Ich bin mit meiner Freundin Carla ausgegangen. Nachdem ich dem Pograbscher entkommen war, wollte ich die Tanzfläche verlassen. Also ging ich an die Bar, um etwas zu trinken. Ich habe das genommen, was Carla auch schon einmal bestellt hatte, einen Seven and Seven."

Er runzelte wieder die Stirn. „Wie viele davon hast du getrunken?"

„Ähm ... Ungefähr ein Viertel von einem Drink." Ich lächelte. Alex schien so alarmiert zu sein, dass ich innerlich ganz nervös wurde. „Wie auch immer, ein älterer Typ hat sich mir genähert. Er sagte, er sei dreiunddreißig, und fragte mich, wie alt ich sei. Als ich antwortete, fragte er, ob er zu alt für mich sei."

„Und was hast du gesagt?", fragte Alex neugierig.

„Ich sagte Nein." Sein Gesicht wurde wieder besorgt.

„Was hat der Mann dann getan?"

„Er hat ein anderes Mädchen angesehen, das vorbeigegangen ist, und ich habe ihm gesagt, dass er ihr nachgehen sollte." Es hatte mich verärgert, als er das tat, sodass ich meine Idee, ihm meinen ersten Kuss zu schenken, aufgab. Aber diesen Teil brauchte Alex nicht zu hören.

Nickend sagte er: „Tut mir leid, dass es dort so schrecklich war." Er sah aber nicht so aus, als ob es ihm leidtat

„Dann hat mich dieser andere Typ wirklich wütend gemacht, als er zu mir kam, mit mir geredet hat, als ob er mich kennt, und mich gefragt hat, ob ich für einen Quickie mit ihm auf die Toilette gehe." Ich verstummte, weil Alex von seinem Platz aufsprang.

Wut verzerrte sein schönes Gesicht. „Er hat *was* getan?"

„Ich habe Nein gesagt." Ich konnte das Lächeln nicht von meinem Gesicht wischen. Er war *tatsächlich* eifersüchtig! „Als ich versuchte wegzugehen, packte er meine Hand."

Alex zitterte vor Empörung. „Er hat was getan?", wiederholte er lauter.

Sein Zorn war süß. „Er packte meine Hand und drückte sie gegen seine Erektion. Es war widerlich."

Das war zu viel für ihn. Alex explodierte. „Dieser Bastard! Ich hoffe, du hast die Polizei gerufen." Er stand vor mir und überragte mich deutlich.

Der Duft seines Aftershaves verband sich mit dem würzigen Schweißgeruch, der sich auf seiner Haut gebildet hatte. Und als ich „Nein" sagte, sah er mich an, als hätte ich ihm gerade ins Herz gestochen.

Sein Gesicht erstarrte. „Sag mir nicht, dass du ihm nachgegeben hast, Ky."

„Natürlich nicht." Erleichterung überflutete sein Gesicht. „Ich riss meine Hand zurück und gab ihm eine Ohrfeige. Dann verließ ich diesen Ort und schwor mir, niemals dorthin zurückzukehren."

„Das ist gut." Er ging wieder zu seinem Platz. „Also bist du danach nach Hause gekommen?"

„Nein, wir sind in einen anderen Club gegangen." Nun, dort war es nicht so schlimm gewesen.

Alex' Gesicht war wieder erstarrt. „Was ist dort passiert? Hast du jemanden gefunden?"

Ich schüttelte den Kopf. „Nein. Es war eine Pianobar. Wir haben mit den anderen Gästen gesungen und ich hatte Spaß."

„Hat dir niemand den Kopf verdreht?", fragte er, als er sich wieder hinsetzte. Anscheinend ging es ihm besser, jetzt, da er wusste, dass ich mit niemandem geschlafen hatte.

Das gab mir Zuversicht. *Alex mag mich.* „Um ehrlich zu sein, war keiner von ihnen mein Typ."

Seine blauen Augen tanzten. „Was ist dein Typ, Ky?"

„Ich mag meine Männer groß, dunkel und gutaussehend", sagte ich mit einem Grinsen, als ich aufstand und auf ihn zuging.

„Tust du das?" Seine Augen verließen meine nicht.

Nickend trat ich noch näher an ihn heran. „Ich mag meine Männer ein bisschen älter. Sie sind dann reifer. Weißt du, was ich meine?"

Sein Adamsapfel bewegte sich in seiner Kehle, als ich mich neben ihn setzte, so nah, dass sich unsere Oberschenkel berührten. „Du meinst, etwa zehn Jahre älter?"

Ich drehte mich zu ihm um und spürte, wie sich mein Bademantel ein wenig öffnete. Er sah mehr als einmal auf meine Brust. Alex erweckte die innere Hure in mir, die viel zu lange geschlafen hatte.

Seine Finger berührten meine Wange. „Ich wette, du hast wunderschön ausgesehen."

„Ein Mann hat mich sexy genannt." Langsam bewegte ich mich, fuhr mit meinen Händen über seine Arme und legte sie dann auf seine breiten Schultern. Woher ich wusste, was zu tun war, war mir ein Rätsel.

„Hast du diesen Kerl wirklich geschlagen?", fragte er mit einem sexy Grinsen. „Erzählst du mir das nicht nur?"

„Du scheinst eifersüchtig zu werden, Alex." Meine Augen konnten seine Lippen nicht verlassen, als sie sich meinen näherten. „Du denkst vielleicht, ich habe das erfunden, um dich zu besänftigen, aber es ist die Wahrheit. Ich habe das Arschloch geschlagen. Und ich würde es jederzeit wieder tun, wenn jemand meine Hand nimmt und sie gegen seine Erektion drückt."

„Würdest du?" Er hielt einen Moment inne.

Nickend ließ ich ihn wissen: „Ja, ich würde jedem ins Gesicht schlagen, der das wieder tut. Außer einem Mann. Dieser Mann kann alles tun, was er will."

Meine Brust hob sich, als ich den Atem anhielt. Alex' Augen waren auf meine Lippen gerichtet und ich spürte, wie Hitze in mir aufstieg. „Bin ich etwa dieser eine Mann?" Er sah mir in die Augen.

„Ja", flüsterte ich. „Du bist es, Alex."

Er lächelte und dann legte sich seine Lippen mit einer unvorstellbaren Zärtlichkeit auf meine. Die Art, wie seine Hände nach oben griffen und mein Gesicht hielten, ließ mich atemlos zurück. Seine Zunge schob sich zwischen meine Lippen und teilte sie, damit er meinen Mund erforschen konnte.

Das Feuer, das mich erfüllte, erschreckte mich zuerst. Er bewegte seine Zunge auf spielerische Weise und fuhr mit ihr über meine, bis ich es ihm gleichtat.

Das unheimliche Gefühl ließ nach und etwas anderes überkam mich. Lust. Leidenschaft. Verlangen.

Mein Inneres pulsierte im Takt meines Herzschlags und Säfte begannen auf eine Weise zu fließen, von der ich keine Ahnung hatte, dass sie möglich war. Mein Höschen wurde nass und mein Körper mehr wollte.

Ich konnte nur daran denken, ihn in mir zu spüren. Ich wollte auf seinen Schoß klettern und ihn tagelang reiten. Und ich wollte, dass es hier und jetzt passierte.

Als er mich auf meinen Rücken drückte, legte ich schnell meine Beine um ihn und er bewegte seinen Körper dazwischen. Etwas Hartes, Langes und Dickes prallte gegen mein pochendes Zentrum. Ich bewegte meine Hände nach unten und ertastete den Umriss seines harten Schafts. Ein Stöhnen entfuhr mir, als ich mit meiner Hand über seine Länge strich.

Mit einem Ruck löste er den Gürtel meines Bademantels und zog ihn auf, um meinen Körper zu entblößen. Seine Hand packte eine meiner Brüste. Er schob mein Nachthemd nach unten, legte die Brust frei und spielte mit der Knospe, bis sie hart war.

Ich keuchte bei dem leicht schmerzhaften Gefühl und er küsste mich fester – so fest, dass unsere Zähne zusammenstießen. Es lenkte meine Gedanken von dem Schmerz zurück zu ihm. Sein Körper bewegte sich rhythmisch gegen meinen und unsere Hüften rieben sich aneinander.

Ich konnte sie in der Luft riechen, die süßen sexuellen Düfte, die von uns ausgingen. Es machte mich benommen und ich fühlte mich trunken. Ich war noch nie betrunken gewesen. Dies war meine erste Erfahrung und ich war betrunken von Alex' Kuss.

Als seine Lippen sich schließlich von meinen lösten und über meinen Hals streiften, wimmerte ich: „Nein, küsse mich noch einmal."

Sein Oberkörper bewegte sich, als er stöhnte, dann kehrten seine Lippen zu meinen zurück. Ein weiterer Kuss brachte mich in neue Höhen. Seine Hände bewegten sich über mich, berührten alles, was sie erreichen konnten, und ließen auf ihrem Weg Spuren aus Feuer zurück.

Irgendwie schaffte er es, mein Nachthemd vollständig von meiner oberen Körperhälfte zu streifen, und als er seinen Mund wieder löste, griff er nach einer Brust und saugte daran, während er mit der anderen spielte.

Ich fuhr mit meinen Händen durch seine Haare und stöhnte, als sich bei seinen Liebkosungen mein Bauch zusammenzog und etwas Fantastisches in mir passierte. „Ich kann nicht glauben, dass es sich so anfühlt. Kein Wunder, dass die Leute das tun."

Vielleicht hatte ich etwas verpasst? Seine Zunge bewegte sich immer wieder über die Spitze meiner Brustwarze. Ich hatte wirklich etwas verpasst. Aber konnte jeder Mann solche Gefühle in mir wecken oder nur Alex?

Er schob eine Hand zwischen uns und ich spürte, wie sie mein Zentrum streifte, als er versuchte, seine Hose zu öffnen. Es sollte passieren. Ich würde endlich meine Jungfräulichkeit verlieren. Und ich war so bereit!

Er schob seine Boxershorts herunter, nahm meine Hand und legte sie auf seinen Schwanz. Die Haut war überraschend weich, als ich ihn streichelte, während er immer noch an meiner Brust saugte.

„Ich hatte keine Ahnung", flüsterte ich, als ich meine Hand auf seinem langen Schaft auf und ab bewegte.

Er zog seinen Mund von meiner Brust und sah mich an. „Was meinst du damit, dass du keine Ahnung hattest?"

„Ich wusste nicht, dass es sich so anfühlen würde."

Er schob meine Hand von seinem Schwanz und sah unbehaglich aus. „Ky, wie weit bist du schon mit einem Mann gegangen?"

Er musste die Wahrheit wissen. „Das mit dir war mein erster Kuss, Alex."

„Scheiße!" Er zog sich von mir zurück. Was war plötzlich los? „Ich wusste es."

„Du wusstest, dass ich Jungfrau bin?" Ich setzte mich auf und zog meinen Bademantel wieder an, um meinen Körper zu bedecken.

Er nickte. „Es tut mir leid. Ich hätte das nicht tun sollen."

Und dann ging er und ich blieb allein zurück und fragte mich, was ich jetzt tun sollte.

11

ALEX

Eine Woche verging, in der ich nur sehr wenig zu Ky sagte. Ich hatte einen schrecklichen Fehler gemacht und musste mich zurückhalten. Ich konnte diesem Mädchen unmöglich die Jungfräulichkeit nehmen, ohne ihr gegenüber eine Verpflichtung einzugehen.

Rachelles Krankheit und letztendlicher Tod hatten mich in Bezug auf Frauen nicht bitter gemacht, sondern mir erlaubt, das zu erleben, was mit dem Engagement für einen anderen Menschen einherging. Mit der Liebe kam der Schmerz – so einfach war das. Ich hatte genug Schmerzen für ein ganzes Leben erlitten und brauchte nicht noch mehr davon.

Als ich an diesem Abend in meinem Arbeitszimmer zu Hause am Schreibtisch saß, war es schon spät und ich musste ins Bett. Aber ich hatte seit jener Nacht nicht mehr gut geschlafen. Von Ky wegzugehen war nicht einfach gewesen – es hatte mich viel Willenskraft gekostet. Aber ich konnte sie nicht verletzen, indem wir noch weiter gingen.

Ich mochte das Mädchen wirklich. Sogar ihre Unbeholfenheit war süß. Und die Art und Weise, wie sie mit meiner Tochter umging, tat etwas mit meinem Herzen, das ich nicht für möglich gehalten hätte.

Heute Nachmittag hatte ich auf der Terrasse gesessen und Ky und Tabby beobachtet, die auf dem Spielplatz im Park hinter dem Haus herumrannten. Es war Ky egal, wie albern sie sich benahm. Sie kümmerte sich nur darum, dass Tabby Spaß hatte und lachte.

Ich kaute auf meiner Unterlippe herum und fragte mich: „Wie lange willst du noch so weitermachen?"

Wie lange könnte ich mich von Ky fernhalten? Wie lange könnte ich es erdulden, nicht mehr als ein paar Worte mit ihr zu wechseln? Wie lange könnte ich meine Hände und Küsse von ihr lassen, nachdem ich ihre süßen Lippen gekostet hatte?

Unschuldig oder nicht, der Kuss dieses Mädchens brachte mich an einen Ort, an dem ich noch nie zuvor gewesen war. Ich hatte keine Ahnung, ob es an ihr oder der langen Zeit lag, in der ich keine sexuellen Kontakte mit irgendjemandem gehabt hatte, aber sie zu berühren und zu spüren brachte mich um den Verstand.

Wenn ich mit Ky schlief – wenn ich ihr die Unschuld nahm –, dann würde ich mich in sie verlieben. Ich hatte keinen Zweifel daran, dass die Liebe uns beide zerstören könnte. Das hatte ich schon mit Rachelle auf die harte Tour herausgefunden.

Wenn man jemanden liebt, spürt man seinen Schmerz. Wenn er stirbt, nimmt er einen Teil von einem mit. Es hinterlässt eine Leere, die nichts und niemand füllen kann.

Wenn ich mich in Ky verlieben würde, gäbe es immer noch dieses Loch, das Rachelle in mich gegraben hatte, als sie ein Stück meiner Seele mitnahm und unsere Tochter und mich allein zurückließ. Wenn ich Ky mein Herz gab und ihr Herz nahm, würde es mich in Gefahr bringen, ein weiteres Stück von mir zu verlieren. Und das konnte ich nicht aushalten und dabei gut genug funktionieren, um mich um meine Tochter zu kümmern.

Da ich zu keiner Lösung für mein Dilemma gelangte, beschloss ich, ins Bett zu gehen. Sicher, ich würde mich hin und her werfen, aber zumindest mein Körper würde sich in einem entspannten Zustand befinden. Jedenfalls hoffte ich das.

Als ich zur Treppe kam, saß sie auf der obersten Stufe und wartete auf mich.

„Alex, ich ertrage das nicht mehr." Kys Augen waren dunkel und traurig auf eine Weise, die mir ihm Herzen wehtat.

Ich habe ihr das angetan.

Ohne einen weiteren Schritt zu machen, sagte ich: „Ich hätte meine Hände bei mir behalten sollen, Ky. Es tut mir leid."

„Mir nicht", sagte sie mit einem Seufzer, der ihren Satz unterstrich. „Du hast Angst."

Ich wollte nicht, dass jemand dachte, ich hätte Angst vor irgendetwas. „Das stimmt nicht."

„Doch." Sie fuhr mit den Händen über ihre Beine, die von dem weißen Bademantel, den sie trug, bedeckt waren.

Das Letzte, woran ich hätte denken sollen, war, was sie wohl unter diesem Bademantel anhatte, aber ich konnte nichts dagegen tun. Ich schüttelte den Kopf, um meine Gedanken zu ordnen. „Hör zu, ich habe keine Angst. Ich weiß nur nicht, was ich danach tun soll. Verstehst du, was ich sage?"

Ihre Augen bohrten sich in meine. „Glaubst du wirklich, du würdest mich verführen und dann einfach so sitzenlassen, Alex?"

Ich zuckte zusammen. „Das könnte wirklich passieren. Es hätte nichts mit dir oder dem, was wir getan haben, zu tun. Ich wäre das Problem. Und es ist nicht so, dass ich Angst habe – aber ich habe viel durchgemacht und bin mir nicht sicher, ob eine Beziehung den Schmerz wert ist, der damit einhergehen kann."

„Ich verstehe." Sie stand auf und streckte dann die Hände aus. „Komm, Alex. Ich gehe das Risiko ein."

Das sagte sie, weil sie keine Ahnung hatte, wie es sich anfühlte, ein Stück von sich selbst zu verlieren, wenn die andere Hälfte von einem weggerissen wurde. Aber die Art, wie sie aussah, als sie oben auf der Treppe stand, raubte mir den Atem.

Ihr seidiges Haar fiel in lockeren Wellen um ihre Schultern. Ihre Haut leuchtete im trüben Licht. Und der Bademantel konnte ihre Kurven nicht verbergen. Aber was bedeckte er eigentlich? „Bist du darunter nackt?"

„Es gibt nur einen Weg, das herauszufinden", sagte sie verführerisch. „Komm schon, Alex. Ich habe seit jener Nacht nichts anderes getan, als über dich und mich zu fantasieren. Ich halte es nicht länger aus. Ich habe noch nie in meinem Leben jemanden gewollt. Jetzt, da ich dieses Verlangen nach dir entwickelt habe, hört es nicht mehr auf. Ich kann nicht schlafen, essen oder auch nur denken – außer daran, wie es mit dir wäre. Wenn du mir auch sonst nichts gibst, gib mir wenigstens das Geschenk, mein erster Mann zu sein. Alex, ich hatte noch nie einen Orgasmus."

Mein Schwanz wurde hart und mein Herzschlag beschleunigte sich. Ich hatte noch nie eine Jungfrau gehabt und zu erfahren, dass sie noch nie einen Orgasmus gehabt hatte, war berauschend. Was konnte ich dagegen tun? Die Art, wie mein Körper auf ihre Worte reagierte ... Mein Verstand war dagegen machtlos.

Ky machte das Gleiche durch wie ich, weil ich nicht zuließ, was wir beide so sehr wollten. Ich ging zwei Stufen auf einmal die Treppe hinauf. „Versprich mir, dass du nicht verletzt bist, wenn ich dir nicht mehr geben kann, okay?" Ich musste mein Herz schließlich immer noch schützen.

Sie nickte. „Küss mich, Alex. Bring mich zu meinem Bett und mach mich zu einer Frau."

„Scheiße!" Mein Schwanz drückte sich schmerzhaft gegen meine Jeans. Ich hob sie hoch und trug sie den Flur hinunter.

Ich eilte zu ihrem Zimmer und hatte kaum die Tür hinter uns geschlossen, als sie mit ihren Händen durch meine Haare fuhr und dann ihre Lippen auf meine presste. Ihr Atem war süß, ihre Zunge war fordernd, und mit diesem Kuss raubte sie mir den Atem.

Ich stellte sie auf den Boden und zog an dem Gürtel ihres Bademantels. Er klaffte auf und zeigte mir, dass sie darunter tatsächlich nackt war. Sie schien zu allem bereit zu sein, um mich dazu zu bringen, sie zu nehmen.

Ky war nicht das Mädchen, für das ich sie gehalten hatte. Wenn sie etwas wollte, nutzte sie alle Mittel, um es zu bekommen. Und ich fand das verdammt heiß. „Verdammt, Mädchen. Du bist gut vorbereitet, hm?"

„Ich konnte diese Folter keine weitere Nacht mehr ertragen, Alex." Ihre Hände bewegten sich unter meinen Pullover und zogen ihn über meinen Kopf. Ihre Augen leuchteten, als sie mit ihren Händen über meine Brust strich und über dem Anker auf meiner linken Brustseite verharrte. Sie küsste ihn und flüsterte dann: „Ich habe dir noch nicht für deinen jahrelangen Dienst für unser Land gedankt, Alex. Lass mich dir zeigen, wie dankbar ich wirklich bin."

Sie sank vor mir auf die Knie und ich keuchte fast, als sie meine Jeans öffnete und hinabzog. Dann tat sie das Gleiche mit meinen blauen Boxershorts. Ihre Augen weiteten sich, als sie meinen Schwanz sah, der nur für sie steif war. Ich musste lächeln. „Ist das der erste Schwanz, den du je gesehen hast, Ky?"

„Ja." Sie leckte sich die Lippen. „Ich habe ein paar Videos über Blowjobs gesehen und an einer Gurke geübt. Darf ich es versuchen?"

„Verdammt, ja!" Ich lehnte mich mit dem Rücken an die Tür, als sie ihre Hände aneinander rieb, um sie zu wärmen.

„Sag es mir, wenn ich dir wehtue, ja?", sagte sie, als sie mich mit den unschuldigsten Augen anschaute, die ich je vor einem Blowjob gesehen hatte.

„Ich bezweifle, dass du mir wehtust, aber ich verspreche, es dich wissen zu lassen." Ich grinste. „Kann ich in deinem Mund kommen?"

Sie sah besorgt aus und sagte: „Stoppe mich besser vorher. Ich will mich nicht übergeben und alles ruinieren."

Ich nickte. Das hatte ich mir gedacht. „Also los."

Zärtlich streichelte sie meinen Schwanz, dann legte sie ihre Lippen auf die Spitze und ich sah die ersten Feuerwerkskörper. Ihr Mund bewegte sich über meinen Schwanz und umgab ihn mit mehr Hitze, als er seit langer Zeit erlebt hatte. Ky stöhnte, als sie alles von mir in sich aufnahm und ich seufzte.

Ich bewegte mich langsam, beobachtete, wie ihr Kopf vor- und zurückglitt, und verlor fast die Beherrschung, als sie mich sanft leckte. Als ich kurz davorstand zu kommen, stoppte ich sie. „Ky, das ist alles, was ich ertragen kann."

Ihr Lächeln, als sie ihren Mund von mir zog, war heiß und sexy. „Nimmst du mir jetzt meine Unschuld?"

Sie legte sich zurück auf den Boden und der Bademantel breitete sich unter ihr aus. Ich wollte sie nicht zum ersten Mal auf einem harten Boden nehmen, also hob ich sie hoch und trug sie zum Bett, wo ich sie hinlegte und ihr den Bademantel abstreifte.

Ich schaute auf ihren nackten Körper, fuhr mit meinen Fingern sanft über jeden Zentimeter und seufzte. Ich konnte nicht nur einmal mit dieser hinreißenden Frau schlafen. Aber könnte ich mich ihr mit Leib und Seele hingeben? „Ky, bist du dir ganz sicher? Wenn wir das tun, gibt es kein Zurück mehr. Vielleicht kann ich dir nie mehr als Sex geben. Bitte verstehe das. Es ist nichts Persönliches. Ich mag dich sehr und finde dich großartig. Aber von meinem Herzen ist nicht viel übrig, das ich jemandem geben könnte."

Ihre Augen wurden glasig, als sie mich ansah. „Alex, ich bin mit allem, was passiert, einverstanden. Das verspreche ich dir. Bitte stille die Sehnsucht, die mich quält, seit du mich in jener Nacht geküsst hast."

„Nun, wenn du willst …" Ich hätte mich in diesem Moment nicht aufhalten können. Ich bewegte meinen Körper über ihren, spreizte ihre Beine und drückte dann die Spitze meines Schwanzes gegen ihre jungfräuliche Öffnung. „Bist du bereit?" Ein schnelles Eindringen wäre der beste Anfang.

Ihre Nägel bohrten sich in meine Schultern, als sie nickte. „Tu es."

Ich küsste sie zuerst sanft, dann überkam mich die Leidenschaft, als mein Schwanz pochte und das Blut bei dem Druck gegen ihr jungfräulichen Öffnung in ihn schoss. Mit einem harten Stoß durchbrach ich ihr Jungfernhäutchen.

Kys Schrei wurde von meinem Kuss erstickt. Tränen liefen über ihre Wangen, während ich hart und schnell in sie stieß. Das heiße Blut ihrer zerstörten Reinheit mischte sich mit ihren natürlichen Säften.

Ich hatte sie ihr genommen – ihre Unschuld. *Nun werde ich sehen, ob ich ihr etwas zurückgeben kann.*

12

KY

M it jeder seiner Bewegungen, wurde der Schmerz
weniger. Zuerst hatte ich gedacht, dass es ein Fehler
war, Alex zu bitten, mir meine Unschuld zu nehmen.
Sein Schwanz war riesig – sicherlich nicht das, was eine Jungfrau
brauchte, wenn sie zum ersten Mal Sex hatte. Aber mein Verlangen
ließ nicht nach, also machte ich mit. Was anfangs schmerzhaft war,
verwandelte sich in etwas, von dem ich nicht ahnen konnte, dass es
sich so gut anfühlen würde.

Keuchend sagte ich: „Alex, es fühlt sich an, als würde etwas in mir
aufsteigen."

„Du stehst kurz vor einem Orgasmus", ließ er mich wissen.
„Schließe deine Augen und lass es geschehen."

Ich schloss meine Augen und spürte, wie sich das Gefühl steigerte, als würde sich eine Welle bilden. Und dann brach alles zusammen. „Ah! Oh Gott! Alex!" Pures Vergnügen erfüllte jede Zelle meines
Körpers. Ich hätte schwören können, dass sogar meine Haare die
Elektrizität spürten. Meine Knie zitterten und ich wölbte mich ihm
entgegen, um seinen harten Stößen zu begegnen.

Ich will mehr.

Sein Mund fiel auf meinen, als er noch schneller und härter

zustieß. Sein Becken rieb über meine Klitoris, bis sie anschwoll, dann verließ sein Mund meinen, während er wild stöhnte: „Fuck!"

Nasse Hitze erfüllte mich und mein Körper reagierte mit einem weiteren Orgasmus, als sein Schwanz in mir zuckte. „Oh, verdammt!" Ich grub meine Fingernägel in seinen Rücken und zog sie nach oben, bis ich seine Haare spürte. Meine Finger zerrten daran, als unsere Körper von Ekstase erfüllt wurden.

Er lag still auf mir und sein Kopf ruhte auf meinen Brüsten. Wir keuchten beide wie Tiere, dann küsste ich seinen Kopf. „Danke, Alex", hauchte ich.

Seine Hände bewegten sich über meine Taille und meine Seiten, als sein heißer Atem über meine Brüste strich. „Danke, Ky."

Ich spielte mit seinen dunklen Haaren und genoss seine Nähe. „Das war umwerfend."

„Ich bin froh, dass du das denkst." Er hob seinen Kopf, um mich anzusehen, machte aber keine Anstalten, seinen Schwanz aus mir herauszuziehen. „Du bist meine erste Jungfrau."

Ich biss mir auf die Zunge, um nicht zu sagen, dass ich seine letzte Jungfrau sein könnte. Ich wollte diesen Mann nicht teilen. „Dann bin ich froh, dass ich auch die Erste für dich sein konnte."

Er küsste mich sanft, rollte sich von mir und ließ mich fröstelnd zurück. „Ich lasse dich ein bisschen schlafen."

Ich rollte mich auf die Seite und spürte, wie Feuchtigkeit aus mir herausströmte. „Ja, jetzt werde ich schlafen können."

Ich muss zuerst duschen, aber dann schlafe ich wie ein Baby.

Er stand einen Moment lang herrlich nackt da. „Ky, das war spektakulär."

„War es das?" Ich hatte keine Ahnung, ob es gewöhnlich oder erstaunlich gewesen war. Es fühlte sich wie Letzteres an, aber ich hatte nichts, um es zu vergleichen.

„Ja." Er streckte die Hand aus und strich über meine Wange. „Ich muss nachdenken. Gute Nacht."

Ich wusste nicht, was das bedeutete, und es interessierte mich auch nicht. Mein Körper pulsierte immer noch von den Orgasmen und mein Verstand war immer noch berauscht von dem, was wir getan hatten.

Nachdem er mein Zimmer verlassen hatte, ging ich duschen.

Alex war ehrlich zu mir. Vielleicht konnte er mir wirklich nicht mehr geben. Aber er hatte von Anfang an gesagt, dass es nur Sex sein könnte. Das wäre für mich in Ordnung.

Dieser Mann konnte sich jederzeit in mein Bett schleichen und ich würde ihn mit offenen Armen und Beinen empfangen.

Nach dem Duschen ging ich wieder ins Bett und stellte fest, dass die Laken dreckig waren. Als ich sie entfernte, dachte ich darüber nach, wie das Dienstmädchen sie waschen würde, und das konnte ich nicht zulassen. Das Personal sollte nicht wissen, was wir getan hatten. Niemand sollte das wissen.

Was würden die Leute von Alex denken, wenn sie wüssten, dass er mit dem Kindermädchen geschlafen hatte?

Alex, ein angesehener Arzt, dreizehn Jahre älter als ich und Vater einer kleinen Tochter, würde ausgelacht werden, wenn sie wüssten, was wir getan hatten.

Ich sammelte die Bettwäsche ein, zog meinen Bademantel wieder an und brachte die befleckten weißen Laken nach unten. Nachdem ich die Waschmaschine auf *kalt* gestellt hatte, spülte ich zuerst das Blut aus und fügte dann reichlich Bleichmittel hinzu. Ich entdeckte einen Fleckentferner und sprühte ihn auf die restlichen Flecken, bevor ich die Laken wieder in die Waschmaschine schob.

Während das Rot verschwand, fühlte ich mich etwas melancholisch. Wie schnell das Vergnügen und die Wärme verblassten, erschreckte mich irgendwie. Aber es musste weitergehen. Niemand konnte ewig in diesem Zustand der Euphorie leben.

Ich holte frische weiße Laken aus dem Wäscheschrank und ging zurück, um mein Bett zu beziehen. Als ich in den Raum trat, konnte ich Alex immer noch riechen. Sein einzigartiger Duft hing noch in der Luft und ich hoffte, dass es so bleiben würde.

Dann dachte ich an das Dienstmädchen, das am Morgen kam, um zu putzen, und zündete eine Duftkerze an, um den Geruch zu vertreiben, der mir so viel Frieden brachte.

Wir müssen es geheim halten. Wie fühle ich mich dabei? Meine erste Beziehung und ich muss sie geheim halten.

Was Alex und ich hatten, war keine richtige Beziehung. Er würde wahrscheinlich häufiger ficken wollen. Zumindest hoffte ich das.

Wenn ich schon vor unserer leidenschaftlichen Begegnung mit schlaflosen Nächten, Appetitlosigkeit und Unkonzentriertheit gekämpft hatte, würde jede Weigerung von ihm, wieder Sex mit mir zu haben, alles noch verschlimmern.

Ich hatte ihm dieses verdammte Versprechen gegeben.

Nachdem ich ins Bett geklettert war, spürte ich immer noch die Wärme seines Körpers. Lächelnd rutschte ich an die Stelle und fuhr mit meiner Hand darüber.

„Hier sind Alex und ich eins geworden. Auch wenn es nur für kurze Zeit war, sind wir eins geworden." Ich schloss die Augen und erlebte diesen Moment noch einmal.

Zuerst war es schmerzhaft gewesen, dann absolut überwältigend. Es war das Beste, was ich jemals getan hatte. Ich würde niemals bereuen, mit wem ich meine ersten sexuellen Erfahrungen gemacht hatte. Was auch geschah, Alex war der richtige Mann gewesen, um mir meine Unschuld zu nehmen.

Wenn ich über meine Zukunft nachdachte und darüber, was sie für mich bereithalten würde, verspürte ich mich ein wenig Trauer. *Was, wenn Alex und ich keine gemeinsame Zukunft haben?*

Könnte ich jemals zulassen, dass ein anderer Mann mit mir machte, was ich Alex erlaubt hatte?

Ich wollte nicht darüber nachdenken. Ich wollte auch nicht an Alex und mich denken. Es war sinnlos zu glauben, dass er und ich jemals eine echte Beziehung haben könnten.

Ohne zu wissen, was morgen kommen würde, schlief ich ein und zum ersten Mal, seit ich den Mann kennengelernt hatte, schlief ich tief und fest.

Am nächsten Morgen wurde ich von Tabbys Stimme, die aus dem Babyfon drang, geweckt. „Ich bin wach, Ky." Ich rollte mich aus dem Bett und stellte fest, dass ich steif war und kaum gehen konnte.

„Scheiße", flüsterte ich. Dann drückte ich die Taste auf dem Babyfon. „Okay, Tabby. Ich bin gleich da, Schatz."

Ich zog Nachthemd, Bademantel und Pantoffeln an und ging auf
den Flur, nur um Alex in die Arme zu laufen, der angezogen dort
stand und mich anlächelte.

„Morgen, Ky."

Jetzt fühlte ich mich höllisch verlegen. „Ähm, hi."

Ich wusste nicht, was wir tun sollten, aber Hallo sagen war es
nicht. Ein Guten-Morgen-Kuss schien normal zu sein. Aber wir
waren kein normales Paar.

„Ich werde mich heute Morgen um Tabby kümmern." Er deutete
auf meine Beine, die ich unnatürlich auseinander hielt. „Du solltest
ein heißes Bad nehmen. Das müsste gegen die Schmerzen helfen.
Und hier, nimm etwas Ibuprofen. Du hast den Vormittag frei. Ich
werde heute meine Runden im Krankenhaus später drehen."

„Okay." Ich wusste immer noch nicht, wie ich mich verhalten
sollte. „Danke."

Ich drehte mich um und ging zurück in meine Suite, als er leise
sagte: „Ich hatte letzte Nacht wirklich viel Spaß."

„Ich auch." Röte erhitzte meine Wangen und ich zog mich in den
Raum zurück, bevor er es sah. Ich lehnte mich an die Tür und
versuchte, zu Atem zu kommen. „Meine Güte. Wie soll ich das
schaffen?"

Nach einem langen, heißen Bad zog ich ein Kleid an, weil sich die
Jeans in meinem Schritt schrecklich anfühlte. *Wie lange dauert es, bis
das Ibuprofen wirkt?* Musste ich damit rechnen, mich jedes Mal so zu
fühlen, wenn wir Sex hatten?

Als ich nach unten ging, um Tabby von Alex zu übernehmen,
fand ich sie in ihrem Spielzimmer. Sein breites Lächeln begrüßte
mich, als Tabby zu mir rannte. Ich hob sie hoch und sie küsste meine
Wange. „Endlich!"

„Hast du mich vermisst, Tabby?", fragte ich, als ich sie wieder
herunterließ.

„Ja! So sehr." Sie wirbelte herum und ihr Kleid bauschte sich auf.

„Daddy hat mir das angezogen und ich wollte es dir zeigen, aber er hat mich nicht in dein Zimmer gelassen. Bist du krank?"

Ich schüttelte den Kopf. „Nein. Dein Daddy hat mir den Vormittag frei gegeben, also habe ich geschlafen. Aber dein Kleid ist sehr hübsch."

Tabby fuhr mit ihrer Hand über den weichen Stoff meines Kleides. „Deins ist auch hübsch. Lass uns heute Mittag essen gehen und unsere hübschen Kleider zeigen."

Alex stand vom Sofa auf, zog sein Portemonnaie aus der Tasche und holte seine Kreditkarte heraus. „Hier, Ky. Geht essen und besucht dann vielleicht ein Museum oder so. Ihr seht beide viel zu schön aus, um heute zu Hause zu bleiben." Er zwinkerte mir zu, als er mir die Kreditkarte reichte und mit den Fingern über meine Handfläche fuhr.

Mein Atem stockte in meiner Kehle und die Art und Weise, wie ich zwischen meinen Beinen feucht wurde, sagte mir, dass der Mann alles mit mir tun könnte. „Okay. Wir gehen heute aus."

„Ich muss arbeiten." Er ging weg und ich fühlte den enormen Drang, ihn zu küssen. „Ich werde zum Abendessen zu Hause sein. Danach müssen wir uns zu unterhalten, Ky."

„Worüber?", fragte ich.

Er drehte sich zu mir um, als er die Tür öffnete. „Über verschiedene Dinge." Sein Gesicht war völlig ausdruckslos. Worüber wollte er mit mir reden? Und warum sagte er *unterhalten*?

„Sollte ich mir Sorgen machen?", fragte ich ihn stirnrunzelnd.

„Das solltest du nicht, Ky." Er legte seinen Kopf schief. „Nach dem, was wir besprochen haben, dachte ich, du hättest die Situation verstanden."

Letzte Nacht hätte ich alles gesagt, um ihn dazu zu bringen, mich zu ficken. Was würde ich jetzt tun, wenn er keinen Sex mehr haben wollte? Ich nickte und versuchte, cool zu wirken. „Okay. Dann sehen wir uns beim Abendessen, Alex. Ich wünsche dir einen schönen Tag auf der Arbeit."

„Ich dir auch." Und dann war er weg.

Und ich habe keine Ahnung, wo wir stehen.

13

ALEX

Ich pfiff vor mich hin, als ich den Flur entlang in Richtung der Notaufnahme ging, um eine Patientin zu untersuchen, die hingefallen war und sich den Kopf angeschlagen hatte. Ich konnte nicht gegen die großartigen Stimmung, in der ich mich befand, unternehmen.

So verrückt es auch sein mochte – Ky an mich heranzulassen würde mir nicht schaden. Etwas sagte mir, ich sollte mir keine Sorgen machen und einfach leben, lachen und lieben. Ja, irgendetwas in meinem Inneren sagte mir, dass es in Ordnung war, Ky zu lieben.

Wer hätte gedacht, dass Sex mir das Gefühl geben würde, wieder komplett zu sein? Aber es war nicht nur der Sex – es war Ky. Sie war die Einzige, bei der ich jemals so empfunden hatte. Selbst Rachelle hatte mich nicht so berührt wie Ky.

Und Rachelle hatte eine ziemlich starke Wirkung auf mich gehabt. Ich hatte mich auf den ersten Blick in sie verliebt. Ich wusste von Anfang an, dass Rachelle die Richtige war. Was ich nicht wusste, war, dass es mehr als nur eine Frau gab, die das für mich sein könnte.

Nicht, dass ich bereit war, ihr einen Heiratsantrag zu machen, aber ich war so bereit für eine Beziehung mit Ky, dass es wie ein Traum wirkte.

Schwester Jamison stand vor einem Vorhang. Mit den Händen auf den Hüften warf sie mir einen Blick zu, der besagte, dass wir es mit einer geistig labilen Person zu tun hatten. „Schön, dass Sie hier sind, Dr. Arlen. Mrs. Higginson ist besorgt und braucht sofort Ihre Hilfe."

„Okay." Ich zog den Vorhang zurück und fand eine Frau in den Siebzigern, an deren Stirn eine Damenbinde klebte. „Haben Sie das selbst verbunden, Ma'am?"

„Ja", sagte sie und verschränkte die Arme vor der Brust. „Und diese Krankenschwester wollte meinen Verband entfernen. Ich sagte ihr, dass Blut herausspritzen würde und ich warten will, bis ein Arzt kommt, um die Wunde zu nähen."

Ich zog mir Handschuhe an, näherte mich ihr, um den Verband zu entfernen, und musste feststellen, dass sie ihre Hände hochhielt, um mich aufzuhalten.

„Soll ich Sie nicht behandeln?"

In ihren blassblauen Augen glitzerten unvergossene Tränen. „Es tut wirklich weh."

Ich sah keine Anzeichen von Blut auf der Rückseite der Damenbinde und hatte keine Ahnung, welche Art von Wunde sie hatte. „Ich werde sehr vorsichtig sein. Ich verspreche es."

Sie blinzelte und nickte. „Okay. Ich vertraue Ihnen."

Ich zog das Ding vorsichtig von ihrer Haut, fand aber nichts, nicht einmal eine Beule. „Wann ist das passiert, Mrs. Higginson?"

„Vor ungefähr einer Stunde. Ich fiel aus meinem Bett auf den Boden. Ich schlug mit dem Kopf gegen den Nachttisch. Überall war Blut." Die Art, wie sie mich ansah, sagte mir, dass sie wirklich glaubte, dass dies passiert war.

Ich wandte mich an die Krankenschwester und ließ sie wissen, dass sie die Formulare ausfüllen sollte, um die Frau bei uns aufzunehmen. „Lassen Sie sie für die Nacht einweisen, Schwester Jamison." Ich wandte mich wieder der Patientin zu. „Sind Sie selbst hierher gefahren oder hat Sie jemand hergebracht?"

„Ich habe niemanden, Doc. Ich bin selbst gefahren." Sie streckte die Hand aus, um die Stelle an ihrem Kopf zu betasten, die ihrer

Meinung nach verletzt war. Dann schien ihr die Realität zu dämmern. „Oh nein. Was ist passiert? Ich schwöre, da war eine Schnittwunde auf meiner Stirn. Ich schwöre es!"

„Keine Sorge", versuchte ich, sie zu beruhigen. „Ich bin sicher, wir können der Sache auf den Grund gehen. Wir werden gleich einige Tests durchführen. Gibt es jemanden, den ich anrufen kann, um ihn wissen zu lassen, dass Sie hier sind?"

„Meine Nachbarin. Meine Katze muss gefüttert werden." Sie wirkte noch verstörter. „Aber ich kann mich nicht an ihre Telefonnummer erinnern. Und ich kann mich nicht erinnern, ob ich meine Haustür abgeschlossen habe, als ich gegangen bin. Vielleicht habe ich die Katze auch rauslassen." Sie fing an, ihre Hände auf ihrem Schoß zu wringen. „Ich muss nach Hause, Doc. Ich kann nicht hierbleiben. Ich kann es einfach nicht."

„Ich sage Ihnen etwas – geben Sie mir Ihre Adresse und ich lasse jemanden bei Ihnen zu Hause vorbeigehen und sicherstellen, dass alles abgeschlossen und die Katze in Ordnung ist." Ich holte mein Handy heraus, um Ky anzurufen, die einzige Person, die mir spontan für diese Aufgabe einfiel. „Meine Freundin wird nichts dagegen haben, Ihnen zu helfen. Ich werde sie auch zum Haus der Nachbarin gehen lassen, um sie zu informieren."

„Würden Sie das alles für mich tun?", fragte sie mit großen Augen und sah aus, als würde sie gleich weinen. Ihre Hand zitterte, als sie meine Hand berührte, während ich Ky anrief. „Danke, Doc. Sie sind ein echter Engel."

„Gern geschehen, Mrs. Higginson. Und es ist überhaupt kein Problem."

Ky ging ran. „Ja, Alex?"

„Hi." Beim Klang ihrer Stimme hatte ich Schmetterlinge im Bauch und es war das angenehmste Gefühl der Welt. „Ich muss dich um einen Gefallen bitten."

„Okay."

„Eine Patientin ist ein bisschen verwirrt und wir behalten sie über Nacht hier", sagte ich.

Ky unterbrach mich, „Also wirst du nicht wie angekündigt zu Hause sein?"

„Doch, das werde ich." Die Enttäuschung in ihrer Stimme brachte mich zum Lächeln. „Ich werde zum Abendessen da sein, dann werden wir uns unterhalten." Ich hatte ihr so viel zu erzählen über meine Gefühle und darüber, dass das alles wegen ihr war. „Du musst zum Haus der Frau fahren und sicherstellen, dass es abgeschlossen ist. Sie hat eine Katze, um die sie sich Sorgen macht. Sie gehört in das Haus, aber sie könnte draußen sein. Und die Nachbarin muss wissen, wo die Frau ist. Frag sie, ob sie dafür sorgen kann, dass die Katze gefüttert wird, während Mrs. Higginson hier ist."

„Okay", sagte Ky. „Texte mir die Adresse. Steven kann uns dorthin bringen. Tabby, wir müssen gehen, Schatz. Daddy hat einen Auftrag für uns."

„Okay, Ky", hörte ich Tabby sagen.

Mein Herz fühlte sich so voll an – und das wegen so einer Kleinigkeit. Die Transformation, die ich in der Nacht mit Ky gemacht hatte, war erstaunlich. „Danke, Ky. Ich weiß das wirklich zu schätzen. Ich hasse es, euren Ausflug zu unterbrechen. Aber es ist für einen guten Zweck."

„Ich weiß. Es macht uns überhaupt nichts aus, oder, Tabby?", fragte Ky.

„Überhaupt nichts", sagte Tabby.

Ky hatte einen hervorragenden Einfluss auf meine Tochter. Ich hatte das richtige Kindermädchen für sie ausgewählt und ich war mir sicher, auch die richtige Frau für mich gefunden zu haben. „Vielen Dank. Wir sehen uns zu Hause beim Abendessen. Bye."

Die Art und Weise, wie die Patientin mich ansah, war seltsam. „Sie sagt, sie freut sich für Sie, Alex."

„Wer?" Ich schaute hinter mich an die Stelle, auf die ihre Augen jetzt gerichtet waren. Ich sah dort niemanden.

„Sie", sagte Mrs. Higginson und zeigte direkt hinter mich. „Die hübsche Frau mit den langen blonden Haaren. Sie sagt, es ist Zeit und dass sie Sie liebt und sich darüber freut, wie gut Sie auf Tabby aufpassen." Mrs. Higginson blinzelte ein paarmal, dann kehrten ihre Augen zu meinen zurück. „Es tut mir leid. Was haben Sie gesagt?"

„Ich habe gar nichts gesagt", antwortete ich. „Sie aber. Haben Sie jemanden gesehen, der hinter mir stand?"

Sie sah verstört aus und legte die Hände auf ihren Bauch. „Mein Bauch tut weh. Warum tut mein Bauch weh?" Als sie wieder auf die Stelle hinter mir blickte, rief sie: „Geh weg! Du tust mir weh!"

Was war los? Hatte die Frau Rachelle gesehen? Ihr Bauch hatte am Ende ihres Lebens sehr wehgetan. Ich drehte mich zu der Stelle um, an der sie sein musste. Leider sah ich nichts. „Rachelle?"

„Sie ist weg." Mrs. Higginson seufzte erleichtert. „Das passiert manchmal. Wenn jemand unter großen Schmerzen gestorben ist, kann ich das spüren. Es ist ein Fluch, der mit der Gabe einhergeht, Geister sehen zu können. Sie ist gegangen, als ich ihr sagte, dass sie mir wehtut. Sie gehen meistens, wenn ich ihnen das sage."

Geschockt nickte ich, als ob das Sinn ergab, was es nicht tat. Aber ich fühlte mich besser in Bezug auf meine Beziehung zu Ky, weil ich jetzt wusste, dass Rachelle sich auch darüber freute.

„Wie lange können Sie schon Geister sehen?", fragte ich.

„Seit ich ein Kind war." Sie blickte mich verwirrt an. „Vielleicht hat sich jemand anderer den Kopf angeschlagen, Doc. Vielleicht habe ich geschlafen, als einer von ihnen zu mir kam, und das hat mich verwirrt. Ich kann jetzt nach Hause gehen. Mir geht es gut."

Ich musste ihr widersprechen. „Da Sie hierher gekommen sind, um Hilfe zu bekommen, werden wir Ihnen helfen. Sie mögen recht damit haben, dass es Ihnen gut geht, aber wir haben die Ausrüstung, um es sicherzustellen."

„Sie denken, ich bin verrückt, oder?" Sie war es sicher gewohnt, dass die Leute ihr das sagten.

„Ich weiß nicht." Ich war nicht sicher, was ich über die Frau dachte. „Ich möchte wirklich ein paar Untersuchungen bei Ihnen durchführen. Bitte erlauben Sie es mir. Wenn wir feststellen, dass es Ihnen gut geht, können Sie gehen. Einverstanden?" Ich hoffte, sie würde einwilligen. Ich wusste, wie hartnäckig manche Leute sein konnten. Als sie nickte, brachte es mich zum Lächeln. „Gut. Danke."

Ein paar Stunden später, als die Untersuchungen abgeschlossen waren, wusste ich, dass Mrs. Higginson einen leichten Schlaganfall gehabt hatte. Aber mit der Zeit würde es ihr wieder besser gehen. Es war früh genug, dass die Medikamente, die wir ihr gaben, noch wirken konnten.

Als ich nach Hause ging, war ich glücklich darüber, wie der Tag verlaufen war. Es gab Dinge, die ich mit Ky besprechen wollte und die ihr auch gefallen würden.

Beim Abendessen war Ky ruhig und sogar ein bisschen schüchtern. Es musste daran liegen, dass sie keine Ahnung hatte, wie ich zu dem, was wir getan hatten, stand. Aber sie würde es erfahren, sobald Tabby ins Bett gegangen war.

Kurz bevor ich den Tisch verließ, sah ich Ky in die Augen. „Ich bin in meinem Arbeitszimmer. Wenn Tabby eingeschlafen ist, treffen wir uns dort."

Sie sah irgendwie so aus, als wäre ihr übel, als sie nickte. Ich konnte vor Tabby und dem Küchenpersonal, das hereinkam, um abzuräumen, nicht mehr sagen. Aber später, als Ky in mein Büro kam, stand ich von meinem Stuhl auf, traf sie auf halbem Weg, nahm sie in meine Arme und küsste sie so, wie ich es den ganzen Tag gewollt hatte.

Ihr Körper schmolz in meinen Armen dahin und als der Kuss endete, sah sie mich mit leuchtenden Augen an. „Heißt das, wir machen dort weiter, wo wir aufgehört haben?"

„Ich will nie wieder aufhören!" Ich küsste sie erneut und schaffte es dann, mich zurückzuziehen. „Am Freitag holen Tabbys Großeltern sie ab, um sie zu ihren Verwandten nach New York zu bringen. Dadurch haben wir ein langes Wochenende. Vier Tage nur für uns."

„Uns?", fragte sie mit einem sexy Lächeln auf ihren vollen Lippen.

„Ja, uns." Ich konnte nicht anders und küsste sie wieder, bevor ich fortfuhr. „Ich habe drei Übernachtungen in einem privaten Resort auf den Florida Keys für uns gebucht. Das wird unser erstes echtes Date sein."

Sie vergrub ihren Kopf in meiner Brust und umarmte mich fest.

„Das hört sich unglaublich gut an, Alex." Dann hob sie den Kopf, um mich anzusehen. „Du hast mich sehr glücklich gemacht. Ich habe mir den ganzen Tag Sorgen gemacht, dass du diese Sache zwischen uns vielleicht beenden willst. Und ich möchte nicht, dass sie endet."

Ich auch nicht.

14

KY

Während ich immer noch das Gefühl hatte, in einer Traumwelt zu leben, war eines überhaupt nicht traumhaft: Die Tatsache, dass wir unsere Beziehung immer noch vor allen geheim halten mussten. Das Personal durfte nicht erfahren, was wir taten, wenn Tabby eingeschlafen war. Das bedeutete, dass ich jede Nacht meine Bettwäsche waschen musste.

Als ich an dem Morgen, als Tabby mit ihren Großeltern abreiste, in der Waschküche stand, lächelte ich bei dem Gedanken daran, am nächsten Tag mit Alex zu verreisen und zur Abwechslung offiziell ein Paar zu sein.

Hand in Hand den Strand entlang zu gehen war nichts, was wir in Seattle tun konnten. Wir hielten vor anderen immer Abstand voneinander. Das musste so sein. Da wir nicht wussten, wie es mit uns weiterging, war es sinnvoller, alle anderen aus unseren privaten Angelegenheiten herauszuhalten.

Ich zog die sauberen Laken aus dem Trockner, legte sie zusammen und legte sie an den Platz der Laken, die ich bereits aus dem Schrank genommen hatte, um das Bett frisch zu beziehen. Es war nicht einfach, so früh aufzustehen, dass die Dienstmädchen die

Wäsche im Trockner nicht fanden, aber ich schaffte es, sie jeden Morgen rechtzeitig fertig zu haben.

Als ich zurück in mein Zimmer ging, kam Alex gerade aus seinem. „Es ist erst fünf Uhr morgens. Was machst du hier?"

Alex sah mich an wie ein Reh im Scheinwerferlicht. „Warum bist du so früh auf, Ky?"

„Wegen der Bettlaken." Ich verschränkte die Arme vor der Brust und bemerkte, dass er angezogen und startbereit war. „Hast du einen Anruf aus dem Krankenhaus bekommen?"

„Nein." Seine Lippen bildeten eine dünne Linie und er sah nervös aus. „Ich muss mich vor der Arbeit mit jemandem treffen. Tabbys Großeltern werden heute gegen Mittag hier sein. Ich möchte meine Runden beenden, bevor sie kommen."

Ich hörte nur, dass er jemanden treffen musste. „Und mit wem triffst du dich im Morgengrauen, Alex?"

„Mit jemandem, der etwas hat, das ich will." Er sah noch nervöser aus, als er mit der Schuhspitze auf den Teppich tippte. „Hör zu, es ist eine Überraschung, okay? Für dieses Wochenende. Und ich muss es bald abholen, da wir heute noch abreisen."

„Moment, ich dachte, wir brechen erst morgen auf." Er hatte die Reiseplanung unerwartet geändert. „Ich habe noch nicht einmal gepackt."

„Ah ja, das ... Du musst nicht packen." Er runzelte die Stirn. „Verdammt, Baby. Du machst die Überraschung schwierig! Mach dir keine Gedanken über das Kofferpacken. Es ist alles erledigt."

„Kaufst du mir neue Kleider, Alex?" Ich lächelte und fand es sehr fürsorglich von ihm. Er musste wissen, dass ich keine Strandkleidung besaß. „Ich hatte vor, ein paar Sachen zu besorgen, sobald wir in Florida sind."

„Nun, darüber musst du dir keine Sorgen machen." Er trat näher an mich heran, schlang seine Arme um mich und küsste dann meine Nasenspitze.

„Du hasst meinen Modegeschmack, oder?" Er brauchte nicht zu antworten. Bestimmt hasste er, wie ich mich anzog. Tatsache war, dass ich in letzter Zeit nicht viele neue Kleider gekauft hatte.

„Das tue ich nicht." Er biss sich auf die Unterlippe. „Aber du brauchst schönere Outfits und ich möchte keine Zeit mit Einkaufen verschwenden. Das ist alles. Du bist unheimlich hübsch, Ky. Und das weißt du auch. Ich spare uns Zeit, damit wir bessere Dinge tun können als einkaufen, während wir frei haben."

„Wenn du es so formulierst, ergibt es Sinn. Also, wer besorgt dir diese Kleider?"

„Reagan." Er sah sehr zufrieden mit sich aus. „Du hast sie an dem Tag, als du sie getroffen hast, hübsch genannt. Und sie hat einen großartigen Stil. Also habe ich sie gefragt, ob es ihr etwas ausmacht, für dich einzukaufen."

„Das heißt, du hast ihr von uns erzählt."

„Sie hat es erraten." Er lächelte und küsste mich dann erneut. „Sie sagte, dass ich wie ein neuer Mann aussehe und es einen Grund dafür geben muss. Dann hat sie eins und eins zusammengezählt, sich an dein eifersüchtiges Verhalten erinnert und daraus geschlossen, dass du der besondere Mensch in meinem Leben bist."

„Ich hoffe, du hast sie zur Verschwiegenheit verpflichtet, Alex." Es wäre nicht gut, wenn es herauskäme.

Achselzuckend sagte er: „Es ist mir egal, was irgendjemand denkt, Ky."

Worüber redet er? „Warum wasche ich wohl jede Nacht die Bettlaken? Damit dein Personal nicht von uns erfährt."

„Niemand hat dich darum gebeten", erinnerte er mich.

„Nun, du kannst nicht alle wissen lassen, dass du mit dem Kindermädchen schläfst, Alex." Ich verdrehte die Augen, als wäre ich zur Abwechslung einmal nicht der naivste Mensch auf der Welt.

Er küsste meine Wange und führte mich zu meiner Schlafzimmertür. „Ich muss noch etwas erledigen, Ky. Geh wieder ins Bett. Und hör auf, dir Sorgen um die dummen Laken zu machen."

Ich tat, was er sagte, stieg wieder ins Bett, kuschelte mich unter die Decke und fragte mich, was er vorhatte.

Ist er bereit, unsere Beziehung öffentlich zu machen? Sicher nicht.

Nachdem ich wieder aufgewacht war, zog ich Tabby an und packte ihre Sachen für die fünftägige Reise mit vier Übernachtungen.

Sie lächelte strahlend, als sie mir dabei half. „Und mein Einhorn-Nachthemd."

„Es ist in der mittleren Schublade im Schrank. Kannst du es für mich holen?", fragte ich.

„Ja!" Sie rannte los und kam kurz darauf mit dem Nachthemd wieder. „Hier. Mein Nachtlicht auch?"

Ich hielt das Prinzessinnen-Nachtlicht hoch. „Ja."

„Gut." Sie nahm meine Hand, nachdem ich den Koffer geschlossen hatte. „Ich werde dich vermissen."

Ich hob sie hoch und umarmte sie. „Ich werde dich auch vermissen. Aber mach dir keine Sorgen. Wenn du zurückkommst, unternehmen wir ganz viel zusammen. Und du kannst mir erzählen, wie viel Spaß du auf deiner Reise hattest. Ich möchte, dass du eine gute Zeit mit deinen Großeltern hast. Gib ihnen viele Umarmungen und Küsse, okay?"

„Ja! Umarmungen und Küsse!", rief sie.

Ich trug sie die Treppe hinunter, während ich ihren Koffer in meiner freien Hand hielt, und war traurig bei dem Gedanken, dass ich ihr süßes kleines Gesicht erst in fünf Tagen wiedersehen würde. *Aber ihr Vater wird mich in der Zwischenzeit gut unterhalten*, dachte ich mit einem verwegenen Lächeln.

Als ich im Foyer ankam, um ihren Koffer dort abzustellen, erschien Mr. Randolph aus dem Nichts und öffnete die Tür. „Die Vanderhavens sind hier."

Nervosität erfüllte mich. Es war das erste Mal, dass ich sie traf, und ich hatte eine heimliche Affäre mit dem Ehemann ihrer verstorbenen Tochter. „Oh, Alex wollte hier sein, wenn sie kommen."

Ich brauchte ihn als Puffer. Was würde ich plappern, wenn er nicht da war, um zu reden?

Als der Butler die Tür öffnete, sah ich eine ältere Frau, die Tabby ähnelte, und einen Mann mit taubenweißen Haaren. Beide waren tadellos gekleidet. Sie trug ein Kleid, das wahrscheinlich ein Vermögen gekostet hatte, und er trug einen Anzug, der ebenfalls teuer aussah.

Ich stellte Tabby auf den Boden, damit sie ihre Großeltern

begrüßen konnte, und sie rannte zu ihnen. Ihr Großvater hob sie hoch, während ihre Großmutter mit der Hand durch ihre seidigen Locken fuhr. Ich hatte ihre Haare so frisiert, dass sie besonders bezaubernd aussah.

„Meine Güte, schau dir all diese hübschen Locken an. Du siehst so süß aus, Tabitha."

„Danke, Grandma." Tabby küsste die Wange ihrer Großmutter, nahm dann das Gesicht ihres Großvaters zwischen ihre kleinen Hände und küsste ihn auch. „Ich habe dich vermisst, Grandpa."

Sie unterhielt sich ein wenig förmlich mit ihnen, aber alles an ihnen schien in Ordnung zu sein – bis zu dem makellosen Bentley, der am Ende der Auffahrt parkte.

Ich stand schweigend da und wusste nicht, was ich sagen sollte. Aber Mrs. Vanderhaven wusste es. „Sie sind das Kindermädchen, oder?"

„Ja." Ich streckte meine Hand aus. „Mein Name ist Ky."

Sie schüttelte sie kurz. „Und wofür steht das, meine Liebe?"

„Kyla. Ich heiße Kyla Rush, Mrs. Vanderhaven. Es ist schön, Sie kennenzulernen." Ich sah ihren Ehemann an. „Sie auch, Mr. Vanderhaven."

Mr. Randolph forderte uns auf, in einen anderen Raum zu gehen. „Hier entlang, bitte."

Alle folgten ihm in den kleinen Wohnbereich gleich neben dem Foyer. Ich fühlte mich in ihrer Umgebung unzulänglich. Sie waren so elegant. „Ich habe einen Koffer für Tabby gepackt."

„Gut", sagte ihre Großmutter. „Wir möchten uns auf den Weg machen." Sie holte ein Handy aus ihrer Gucci-Handtasche und machte einen Anruf. „Alexander, wo bist du?"

Sie sah ihren Ehemann mit Verachtung an und flüsterte: „Er ist wahrscheinlich immer noch bei der Arbeit."

Er flüsterte: „Er ist Arzt, Schatz. Solche Dinge passieren. Kein Grund, sich aufzuregen."

„Wir können nicht länger warten, Alexander. Verabschiede dich von deiner Tochter, damit wir zum Flughafen fahren können." Sie gab Tabby das Telefon.

„Daddy, wir gehen. Ich werde dich vermissen." Tabby küsste den Bildschirm. „Bye." Dann gab sie das Handy ihrer Großmutter zurück. „Hier, Grandma."

Mir kamen fast die Tränen und ich wollte sie hochheben. „Ich werde sie nach draußen tragen."

„Sie kann laufen", sagte ihre Großmutter. „Sie ist kein Baby." Sie beäugte mich und ich setzte Tabby wieder ab. „Sie sind viel jünger, als ich erwartet hatte. Alexander hat mir nicht gesagt, wie alt Sie sind. Zwanzig oder so?"

„Ich bin zweiundzwanzig." Ich verschränkte meine Hände hinter meinem Rücken und wusste nicht, was ich damit anfangen sollte. „Ich habe einen Bachelor-Abschluss in frühkindlicher Entwicklung."

„Und welche Art von Erfahrung haben Sie?", fragte sie.

Ihr Mann nahm sie am Ellbogen. „Komm jetzt, Rebecca. Alexander hat das Mädchen bereits engagiert. Du kannst sie jetzt nicht verhören."

„Die Dinge sind nicht in Stein gemeißelt, Claus", erwiderte sie und ich zuckte unwillkürlich zusammen. „Während wir unsere Enkelin haben, werden wir bei ihr auf ungewöhnliches Verhalten achten. Wenn wir glauben, dass sie ein anderes Kindermädchen braucht, werden wir nicht zögern das unserem Schwiegersohn zu sagen."

„Ich verstehe", sagte ich leise. „Aber Sie sollen wissen, dass ich Tabby liebe. Ich gebe mein Bestes für sie."

„Ich liebe Ky auch", sagte Tabby.

Obwohl ich Tabbys Zuneigung hatte, war ihre Großmutter nicht von mir überzeugt.

Oh Gott, ich hoffe, sie finden keine Verhaltensdefizite bei ihr.

15

ALEX

Am Abend lagen Ky und ich an einem einsamen Strand in Florida. Unser privater Bungalow befand sich hinter uns und wir waren beide nur leicht bekleidet.

„Ich wusste, dass Reagan einen tollen Bikini für dich aussuchen würde, Ky." Ich drehte mich zur Seite und hob meinen Kopf, um auf ihren wunderschönen, kurvigen Körper hinabzusehen, während ich mit meinen Fingern über ihren weichen Bauch strich und ihre Gänsehaut bewunderte.

„Er ist viel knapper als das, was ich mir gekauft hätte", sagte sie, als sie ihre Hand auf meine legte, um mich davon abzuhalten, sie zu bewegen. „Das kitzelt."

Ich kam näher, um an ihrem Ohr zu knabbern, und flüsterte: „Das soll es auch." Ich biss ihr spielerisch in den Nacken und brachte sie zum Quietschen.

Ich konnte mich nicht erinnern, wann ich mich das letzte Mal so voller Leben gefühlt hatte. Der Sex war atemberaubend. Ich hatte noch nie in meinem ganzen Leben so viel Sex gehabt. Ky passte perfekt zu mir. Ich wusste nicht, ob es daran lag, dass ich ihr erster Mann war, aber es fühlte sich großartig an, in ihr zu sein.

In der vergangenen Woche hatten wir jede Nacht damit

verbracht, es wie Karnickel zu treiben. Es bestätigte mich. Ich wusste jetzt ohne Zweifel, dass ich mich in sie verliebt hatte. Ich konnte mir nicht vorstellen, jemals wieder jemand anderen zu wollen.

Und es war an der Zeit, dass Ky das wusste. Die Unsicherheit stand ihr zuweilen ins Gesicht geschrieben. Und die Tatsache, dass sie dachte, unsere Beziehung vor allen verbergen zu müssen, sprach Bände. Entweder dachte sie, ich würde nie mit ihr in die Öffentlichkeit gehen wollen, oder sie fühlte sich nicht gut genug für mich. In beiden Fällen irrte sie sich.

Gleich würde sie wissen, wie ich wirklich für sie empfand. Während ich ihr in die Augen sah, die das strahlende Sonnenlicht in einen Grünton verwandelt hatte, der fast mit den Meereswellen zu unseren Füßen identisch war, wollte ich ihr sagen, was sie mir bedeutete. „Kyla Rush."

Ich dachte einen Moment nach. Dann fragte ich: „Wie lautet dein zweiter Vorname?"

„Wie lautet deiner?", fragte sie mit einem sexy Grinsen.

„Montgomery." Ich küsste ihre weichen Lippen. „Jetzt verrate mir deinen."

Sie rümpfte die Nase und sagte: „Ich mag ihn nicht. Ich habe ihn nie benutzt. Nicht wirklich. Er klingt so altmodisch."

„Sag ihn mir, Baby." Ich küsste sie erneut. „Ich werde dich deswegen nicht weniger mögen."

„Vielleicht schon", sagte sie, als sie meine Brust streichelte. „Und ich würde es hassen, wenn du aufhören würdest, mich zu mögen. Ich habe mich an dich gewöhnt."

„Ich habe mich auch an dich gewöhnt." Ich schien meine Lippen nicht von ihren fernhalten zu können. Aber ich wollte ihren zweiten Vornamen wissen. Es war aus zukünftigen Gründen wichtig. „Okay, wenn du mehr Küsse willst, musst du ihn mir verraten."

Ihre Brust hob und senkte sich, als sie unheimlich tief seufzte. „Gertrude."

Kyla Gertrude Rush?

„Das ist nicht schlimm." Ich hätte fast gelacht. „Gertie." Es war irgendwie süß. „Kyla Gertie."

Ihre Augenbrauen zogen sich zusammen. „Nicht."

Ich hatte mich von ihrer Abneigung für ihren zweiten Vornamen ablenken lassen. „Okay, ich höre auf." Meine Lippen berührten ihre. „Ich habe dir etwas zu sagen, Ky, was ich noch nie zu jemandem gesagt habe, außer zu der einen Frau, die ich geheiratet habe, und meiner Tochter. Und jetzt möchte ich es dir sagen. Du sollst wissen, dass ich es ernst meine. Ich bin kein Mann, der diesen Satz leichtfertig ausspricht, so wie es manche Leute tun."

Sie legte ihre Hand auf meine Brust und sah mich an, als die Sonne über dem Wasser unterging und ihre Haut mit einem bronzenen Schimmer bedeckte. Die Highlights in ihren Haaren leuchteten noch mehr und ich konnte mich nicht erinnern, dass sie je schöner gewesen war. „Sag es mir, Alex."

Ihre Brust hörte auf, sich zu bewegen. Sie hielt den Atem an und ich verschwendete keine Zeit. „Ich liebe dich, Kyla Gertrude Rush."

Sie schloss die Augen und lächelte dann. „Wow. Selbst wenn du diesen schrecklichen Namen benutzt, hört sich das immer noch gut an." Als sie sie wieder öffnete, schimmerten Tränen darin. „Ich liebe dich auch, Alexander Montgomery Arlen."

Ich hoffte, sie würde nie wieder denken, dass ich uns verstecken wollte. „Von nun an möchte ich nicht mehr, dass du das Gefühl hast, etwas verheimlichen zu müssen. Ich werde dich in meinem Schlafzimmer einquartieren, wenn wir zurück sind."

Ihr Gesichtsausdruck wurde besorgt. „Was ist mit Tabby? Was wird sie darüber denken? Ich bin ihr Kindermädchen, Alex."

„Sie ist drei. Sie betrachtet dich nicht als meine Angestellte. Sie weiß nur, dass du sie liebst und auf sie aufpasst. Sie wird sich für uns freuen. Ich bin mir sicher, dass sie das wird." Ich küsste sie erneut und dieses Mal ging ich noch weiter, um ihr zu zeigen, wie sehr ich sie liebte.

Ich zog sie auf mich und genoss das Gewicht ihres Körpers. Die letzte Woche hatte sich wie ein Traum angefühlt. Teilweise wahrscheinlich deshalb, weil wir verheimlicht hatten, dass wir verrückt nacheinander waren. Diese Tage waren jetzt vorbei.

Ky nahm ihre Lippen von meinen, setzte sich auf und zog meine

Hände auf ihre großen Brüste. „Alex, so sehr ich das auch will – ich möchte nicht, dass du auf der Arbeit oder zu Hause lächerlich gemacht wirst."

Warum sollte sie denken, dass mich jemand dafür verspotten würde, eine heiße junge Frau an meiner Seite zu haben? „Baby, wovon zum Teufel redest du? Wer würde sich über mich lustig machen, weil ich mit dir zusammen bin?"

Sie schob meine Hände von ihren Brüsten und runzelte die Stirn. „Die Leute, mit denen du zusammenarbeitest. Reagan vielleicht nicht, aber andere schon. Ich bin dreizehn Jahre jünger – und dein Kindermädchen. Das klingt nicht gut, oder?"

„Solche Dinge interessieren die Leute nicht. Und wenn es sie interessiert, ist es auch egal. Das Einzige, was mir wichtig ist, ist die Frage, ob ich dir etwas bedeute. Und ich hoffe, dass es so ist." Plötzlich kam mir der Gedanke, dass Ky durch mein Alter in Verlegenheit gebracht werden könnte. „Hey, du kannst ehrlich zu mir sein. Ich möchte, dass du das weißt. Ist es dir unangenehm, mit mir gesehen zu werden?"

„Oh Gott, nein!" Sie lachte und sah zum Himmel auf, der langsam dunkel wurde. „Du bist heiß – verdammt heiß. Und du bist Arzt. Du bist weit außerhalb meiner Liga. Ich habe Glück, dass du mich überhaupt ansiehst."

Sie hatte keine Ahnung, welche Macht sie über mich hatte. „Ky, du bist wunderschön, Baby. Jeder Mann könnte von Glück reden, dich zu haben. Ich meine es ernst. Du hast keine Ahnung, wie viele Männer in deine Richtung schauen, oder?"

Sie lachte, als ob sie dachte, ich würde scherzen. „Komm schon. Niemand sieht mich an, Alex. Du versuchst nur, mein Selbstwertgefühl zu stärken."

„Das tue ich nicht." Ich konnte es nicht fassen. „Weißt du was? Ich bringe dich heute Abend in einen Nachtclub in Miami, um dir zu zeigen, wie attraktiv du für das andere Geschlecht bist. Aber du gehörst mir, verstanden? Niemand darf anfassen, was mir gehört."

„Das geht mir genauso", sagte sie und kniff die Augen zusammen. „Ich will dich nicht teilen. Mit niemandem."

Bei dem Gedanken, dass Ky mich für sich allein haben wollte, wurde ich ganz benommen. „Du tust Dinge mit mir, die noch niemand getan hat, Ky Rush."

„Das will etwas heißen, nicht wahr?" Sie bewegte ihren Körper wieder nach unten. Dann trafen sich unsere Lippen und sie raubte mir mit ihrem Kuss den Atem. Der Kuss war nicht mehr süß und unschuldig, sondern sinnlich und selbstbewusst.

Ky war in der letzten Woche so gereift. Es erstaunte mich. Das schüchterne Mädchen war so gut wie verschwunden. Jetzt war sie wild im Bett und sagte, was sie brauchte und was sie mit mir tun wollte. Es war unglaublich, dass ein so schüchternes Mädchen im Bett so verdammt gut sein konnte.

Und nur ich würde sie jemals haben. Ich würde sie nie mehr gehen lassen und wusste, dass sie eines Tages meinen Nachnamen tragen würde.

Wenn ich einen Diamanten in der Hand hielt, ließ ich ihn nicht fallen, wie manche Männer es taten. Ich hatte kein Interesse an anderen Frauen, wenn ich verliebt war. Ky hatte bei mir eine sichere Zukunft, auch wenn sie das noch nicht wusste.

Sie setzte sich rittlings auf mich und bewegte ihren Körper so, dass das dünne Material unserer Badekleidung uns nicht behinderte. Ihre Brüste streiften meinen nackten Oberkörper, bis sich das Bikini-Oberteil löste. Ihre harten Brustwarzen rieben sich an meiner Haut und ich legte meinen Mund um eine von ihnen.

Ihr Stöhnen ließ mein Herz schneller schlagen und meinen Schwanz pochen. Aber als ich meine Badehose nach unten schob, hielt sie mich auf. „Wir müssen uns zum Ausgehen fertig machen, erinnerst du dich? Sex gibt es erst danach. Es wird zehnmal heißer sein, wenn wir warten." Sie richtete sich auf und ich sah pure Freude in ihrem Gesicht. „Oh! Wir könnten es auf der Toilette des Clubs tun. Wie verrückt wäre das?"

Das liebte ich an ihr. „Ich denke, es wäre nicht das Verrückteste, das ich je gehört habe, aber auf jeden Fall das Richtige für uns."

Sie kletterte von mir herunter und streckte die Hand aus, um mir beim Aufstehen zu helfen. „Komm schon. Lass uns duschen. Aber kein Sex, okay? Es ist heißer, wenn wir uns beim Betreten der Club-Toilette nacheinander verzehren."

„Also sagst du, dass wir einander bis zum Ende der Nacht quälen, und dann gibst du es mir?" Ich mochte ihre Denkweise. „Das klingt verlockend."

Sie nahm mich bei der Hand und führte mich in den Bungalow. „Es wird auf jeden Fall fantastisch sein. Jetzt, da ich weiß, wie viel Spaß Sex macht, kann ich nicht aufhören, über all die verschiedenen Möglichkeiten nachzudenken, wie wir es tun können." Sie hielt inne und sah mich mit ernstem Gesicht an. „Alex, bin ich zur Nymphomanin geworden?"

„Nein." Ich wollte nicht, dass Ky irgendetwas an sich änderte. „Du liebst mich. Und ich liebe dich. Und wir drücken es auf eine physische Weise aus. Was ist daran falsch?"

„Hoffentlich nichts. Es ist neu für mich, das ist alles." Sie ging weiter. „Meine Freundin Carla sagt, Sex ist ein Muss. Ich kann jetzt verstehen, warum sie das immer behauptet hat. Aber es ist zu intim, um es mit irgendjemandem zu tun. Ich werde niemals jemandem so vertrauen, wie ich dir vertraue, Alex."

Hoffentlich bleibt das auch so.

16

KY

Ich zerrte immer wieder am Saum des wahnsinnig kurzen Kleides, das Reagan für mich gekauft hatte. „Rot ist nicht meine Farbe, Alex." Ich zog an dem tiefen Ausschnitt, sodass das Kleid wieder meine Oberschenkel hochrutschte. „Und ich kann dieses knappe Teil anscheinend nicht dazu bringen, gleichzeitig meine Brüste und meinen Hintern zu bedecken."

„Rot *ist* deine Farbe, Baby." Er schlang seine Arme von hinten um mich, als wir in dem größten Nachtclub, den wir finden konnten, zu einem Latin-Beat tanzten. „Und ich mag all die Haut, die du heute Abend zeigst. Aber ich werde deinen Hintern bedecken, wenn du dich zu entblößt fühlst." Seine Lippen drückten sich gegen meinen Nacken und sofort machte sich Verlangen in mir breit.

Ich fuhr mit meiner Hand über seine Seite und hielt inne, als ich seine Haaren erreichte. Dann zog ich an ihnen, während sein Kuss mich wild machte und wir uns rhythmisch zur Musik bewegten. Ich tanzte so gut mit Alex! Irgendwie bewegte sich mein Körper mit ihm auf eine völlig neue Art.

Der Club war voll und die Hitze nahezu unerträglich. Die kühle Meeresbrise rief mich förmlich. „Möchtest du nach draußen gehen, um etwas frische Luft zu schnappen, Alex?"

„Sicher." Er bewegte seine Hände über meinen Körper, bis er eine meiner Hände erreichte, und führte mich dann aus der tanzenden Menschenmenge heraus.

Als wir nach draußen gingen, strich die kühle Luft über meine nackte Haut, und ich fühlte mich sofort besser. „Dort drinnen ist es so heiß." Ich fächelte mir Luft zu, um mich schneller abzukühlen.

Sein Blick glitt über mich. „Allein dein Anblick reicht, damit mir heiß wird."

Ich gab ihm einen Klaps auf die Schulter. „Wenn du nicht mit den Schmeicheleien aufhörst, wird es mir noch zu Kopf steigen." Ich zerrte wieder am Saum meines Kleides, aber er hielt mich auf.

„Es soll so sitzen, Ky." Er zog mich hinter sich her und umrundete das Gebäude. „Komm mit, meine kleine Sirene."

Nicht einmal in meinen wildesten Träumen hätte ich gedacht, dass ich jemals sexuell so frei und locker sein würde. Bei Alex war es so einfach. Ich folgte ihm, ohne zu zögern, bis wir im Dunkeln waren und er meinen Rücken gegen die Wand presste.

Er fuhr mit den Fingern durch meine Haare und eroberte meinen Mund mit einem sinnlichen Kuss, der mich atemlos machte. Als er seine Lippen von meinen nahm und sie gegen mein Ohr drückte, flüsterte er: „Ich habe noch nie jemanden so geliebt, wie ich dich liebe."

Mein Herzschlag beschleunigte sich und ich schlang meine Beine um seine Taille. „Ich liebe dich auch, Alex. Ich kann kaum glauben, dass es wahr ist. Es ist einfach zu großartig."

Mit ein paar schnellen Bewegungen öffnete er seine Jeans und schob seinen heißen, langen Schaft in mein wartendes Zentrum. Mit ihm in mir fühlte ich mich so viel stärker. Ich fühlte mich unbesiegbar, wenn er und ich so zusammenkamen.

Er hob mich hoch und ließ mich wieder auf seinen gewaltigen Schwanz herunter, während er knurrte: „Du wirst immer mir gehören, Baby. Ich gebe dich niemals auf."

Hochstimmung erfüllte mich, als ich daran dachte, immer bei ihm zu sein. „Ich werde dich auch nie gehen lassen, Alex. Mein sexy Mann."

Jeder seiner Stöße brachte uns näher an den Rand der Ekstase, als er immer wieder in mich eindrang. Dort, neben einem Nachtclub in Miami, wurde mir klar, dass Alex immer für mich da sein würde – und an meiner Seite.

Ich verteilte Küsse auf seinem ganzen Gesicht und wimmerte Liebesbekundungen. Ich wollte, dass er meine unermessliche Liebe spürte. Er sollte keine Zweifel daran haben, wie viel er mir bedeutete.

„Hey, wer ist da hinten?", rief ein Mann, schaltete eine Taschenlampe ein und richtete sie auf uns.

„Scheiße!", sagte Alex, als er sich von mir löste, nachdem ich meine Füße auf den Boden gestellt hatte.

Rasch zog ich mein Kleid und mein Höschen zurecht und fuhr mit den Händen durch meine Haare, um sie ein wenig zu zähmen. „Was sollen wir tun?"

„Was zum Teufel macht ihr da hinten?", rief der Mann, als er auf uns zukam.

„Lauf", zischte Alex, ergriff meine Hand und sprintete in die entgegengesetzte Richtung.

Ich eilte hinter ihm her und meine Füße berührten bei der Verfolgungsjagd kaum den Boden. Das Licht der Taschenlampe bewegte sich auf und ab, während der Mann immer wieder „Halt!" schrie.

Aber Alex blieb nicht stehen. Wir rannten weiter, bis wir in der nächsten Straße herauskamen, dann traten wir auf den überfüllten Bürgersteig und schüttelten den Mann ab.

Während ich nach Luft schnappte, fragte ich: „Können wir jetzt zum Bungalow zurückkehren?"

Alex lachte und trat an den Bordstein, um ein Taxi zu rufen. „Ja, wir können jetzt zurückkehren."

Ich setzte mich auf den Rücksitz des stickigen Taxis, lehnte mich an Alex' breite Brust und lächelte. „Das war aufregend!"

Er küsste meinen Kopf. „Ich habe so etwas noch nie gemacht. Fast erwischt zu werden ist verdammt aufregend."

„Ich kann nicht glauben, dass du weggerannt bist. Du bist ein Gesetzloser." Ich kicherte und sah sein Lächeln, als ich aufblickte.

Seine Arme schlangen sich um mich. „Ich konnte nicht zulassen, dass dein Name beschmutzt wird, Ky. Eines Tages treffe ich deinen Vater und ich will nicht vor ihm verheimlichen müssen, dass seine Tochter wegen der Erregung öffentlichen Ärgernisses verhaftet wurde. Ich hoffe, dass er mich respektiert."

„Also bist du für mich gerannt?" Er nickte. „Cool. Ich habe einen echten Helden gefunden, hm?"

„Nein, ich bin kein Held." Er küsste meine Stirn. „Es war völlig egoistisch. Ich habe Pläne für dich und möchte deinen Namen sauber halten."

„Außerdem würde es nicht gut aussehen, wenn so etwas in deiner Personalakte auftaucht." Er musste auch an seine medizinische Karriere gedacht haben, als er losgerannt war.

„Es ging nur um dich, Baby." Er seufzte. „In letzter Zeit spielst du die Hauptrolle in meinen Gedanken. Wenn ich nicht an dich denke, dann an Tabby. Meine zwei Mädchen. Ich würde alles für euch beide tun."

Ich wusste, dass er es ernst meinte.

Ich legte meinen Kopf zurück an seine Brust und hörte, wie sein Herz schlug. „Ich würde für euch beide auch alles tun, Alex. Ich liebe Tabby, als wäre sie mein eigenes Kind."

„Ich weiß, dass du das tust." Er bewegte seine Hand über meinen Arm, als seine Lippen sich gegen meinen Kopf drückten. „Wir sind wie eine glückliche Familie."

Ich konnte nicht aufhören zu lächeln. „Sind wir das?"

Er nickte und zog mich näher an sich, um mich wieder zu küssen. Ich schlang meine Arme um seinen Hals und erwiderte den Kuss, während ich mich auf seinen Schoß setzte. Es war mir egal, ob der Taxifahrer sah, was wir taten. Das war überhaupt nicht typisch für mich.

Ich bewegte meine Hände zwischen uns, befreite Alex' Schwanz und zog mein Höschen zur Seite, bevor ich mich rittlings auf ihn setzte. Wir sahen uns in die Augen, als ich seinen harten Schaft in mich gleiten ließ.

Alex fuhr mit dem Daumen über meine Lippen. „Mein Gott, ich liebe dich, Kyla Gertrude Rush."

Ich versuchte, mich von meinem zweiten Vornamen nicht aus dem Konzept bringen zu lassen, als ich mich langsam auf und ab bewegte. „Ich hätte dir diesen schrecklichen Namen nicht verraten sollen."

„Sag, dass du mich auch liebst, Ky." Er legte seine Hände auf meine Taille und passte mein Tempo an sein Verlangen an.

Ich hielt sein Gesicht in meinen Händen. „Ich liebe dich mehr, als du jemals wissen wirst, Alexander Montgomery Arlen."

Wir waren den ganzen Weg zurück zum Bungalow fest miteinander verbunden, versuchten aber nicht, mehr zu tun. Als wir in der Nähe des Strandes anhielten, sagte der Fahrer: „Sie müssen ab hier zu Fuß gehen."

Ich stieg von Alex' Schoß und er reichte dem Fahrer zwei Hundert-Dollar-Scheine. „Danke, Sir. Gute Nacht."

Lächelnd fuhr der Mann mit dem Trinkgeld davon. Ich hakte mich bei Alex unter, als wir über den Sand gingen, um zu unserem Strandbungalow zu gelangen. Die Sterne leuchteten so hell, dass sie größer aussahen als in Seattle. „Es ist heute Abend so schön hier draußen. Zu Hause ist es kalt und regnerisch. Hier ist es wie im Paradies."

Wir blieben stehen und Alex zog mich in den Sand. „Lass uns den Nachthimmel betrachten."

Ich blickte nach oben und zeigte auf den Großen Wagen. „Ich kenne nur diese Konstellation und den Kleinen Wagen in der Nähe. Ich nehme an, du kennst die meisten Sternbilder, wenn du in der Navy warst."

„Ja." Er blickte nach oben. „Ich war auf einem Zerstörer der Arleigh-Burke-Klass. Manchmal saß ich nachts an Deck, schaute zu den Sternen hoch und wünschte mir etwas."

Ich lehnte meinen Kopf an seine Schulter, als er seinen Arm um mich legte. „Welche Art von Wünschen hattest du?"

„Wünsche über das Leben und die Liebe und das Glück." Er küsste meinen Kopf. „Und sie sind wahr geworden."

Ich war noch nie so glücklich gewesen. „Ich habe mir nie so etwas gewünscht. Ich wusste nicht einmal, dass eine solche Liebe außerhalb von Filmen existiert." Ich konzentrierte mich auf einen Stern. „Aber jetzt möchte ich, dass es niemals endet."

Alex lachte. „Alles endet, Ky. Kein Wunsch kann das ändern."

Ich wollte nicht über das Ende nachdenken. Alex hatte bereits ein Ende durchgemacht. Er kannte sich mit Leben und Tod aus. „Macht es dir Angst, Alex? Das Wissen, dass alle Dinge – und alle Menschen – endlich sind?"

„Ich war nie jemand, der Angst vor irgendetwas hatte, aber ich hatte Angst vor dir. Ich hatte Angst davor, mich in dich zu verlieben."

„Ja, ich weiß." Ich sah auf und küsste seine Wange. „Ich bin froh, dass du sie überwunden hast."

„Ich auch." Er küsste sanft meine Lippen. „Ohne Liebe zu leben, nur weil man Angst vor dem Ende hat, ist eigentlich kein Leben. Wir sind nicht dazu bestimmt, allein zu sein. Es ist egal wie schlimm einem das Herz gebrochen wird, es kann mit Zeit und Geduld wieder heilen. Das habe ich von dir gelernt und ich möchte mich dafür bedanken."

Ich war froh, dass er über den schweren Verlust seiner Frau hinweggekommen war. „Ich hoffe, wir haben noch viele, viele Jahre vor uns, Alex."

„Das hoffe ich auch, Baby." Er küsste mich erneut. „Das hoffe ich auch."

17

ALEX

Nach dem fantastischen Wochenende kamen wir kurz vor Tabbys Großeltern zu Hause an. Als Mr. Randolph zur Haustür kam, während Ky und ich aus der Garage traten, ließ er uns wissen, dass sie da waren. „Ihre Schwiegereltern scheinen Ihnen gefolgt zu sein."

Ky sah besorgt aus. „Ich bin oben."

„Warum?" Sie schien nervös zu sein.

„Tabbys Großmutter mag mich nicht." Sie versuchte, ihre Hand aus meiner zu ziehen.

„Wir müssen das in Ordnung bringen, hm?" Ich ließ sie nicht los und brachte sie dazu, mit mir zu kommen. „Sie wird dir nichts tun, Ky. Bitte vertraue mir."

Sie war nicht überzeugt und jammerte: „Ich will nicht. Schon allein durch ihren Gesichtsausdruck fühle ich mich unzulänglich."

Ich verstand genau, was sie meinte. „Ky, sie hat mich auch eingeschüchtert. Sie wird noch lange in unserem Leben sein. Das lässt sich nicht ändern. Finde dich also damit ab, genauso wie ich."

„Das gehört also dazu, wenn man jemanden liebt, hm?" Sie runzelte die Stirn. „Ich hasse diesen Teil der Liebe."

Lachend legte ich meinen Arm um sie und zog sie näher an mich. „So ist nun einmal das Leben, Baby."

Ich traf meine ehemaligen Schwiegereltern im Foyer und musste lächeln, als Tabby zu mir rannte. „Daddy!"

Ich ließ Ky los, um meine Tochter hochzuheben. „Da ist ja mein Mädchen! Hast du mich vermisst?"

„Ja." Sie küsste mein Gesicht. „So sehr!" Dann streckte sie Ky die Arme entgegen. „Dich auch!"

Ky nahm sie aus meinen Armen, um sie festzuhalten und zu küssen. Ich bemerkte den erstaunten Blick meiner Schwiegermutter.

„Hi, Rebecca. Wie war es mit Tabby?"

„So wunderbar wie immer." Der Ausdruck verschwand, als sie ihre braunen Lederhandschuhe auszog und über ihre Gucci-Handtasche legte. „Wir haben dich vermisst, als wir sie abgeholt haben. Wie geht es dir?"

Schon wieder versuchte sie, Trauerbekundungen aus mir herauszuquetschen. „Großartig." Ich wandte meine Aufmerksamkeit meinem Schwiegervater zu. „Und wie geht es dir, Claus?"

„Gut." Er streckte mir seine Hand entgegen. „Wir reisen einen Monat nach Brüssel. Nächste Woche brechen wir auf. Ich kann es kaum erwarten. Ich war noch nie dort."

„Hört sich gut an." Ich sah, wie Ky Tabby absetze und dabei auf den Boden blickte. Ich streckte die Hand aus, zog sie zu mir und legte meinen Arm um sie. „Ich weiß, dass ihr euch bereits kennengelernt habt, aber Ky und ich haben Neuigkeiten. Wir sind jetzt ein Paar."

Ky starrte weiterhin auf den Boden und ich war froh darüber, als Rebecca die Augen aufriss. „Nein! Was?"

Tabby klatschte und sprang auf und ab. „Oh ja! Ihr seid verliebt!"

Ich freute mich über die Reaktion meiner Tochter, aber meine Schwiegermutter war offenbar überhaupt nicht begeistert. „Anscheinend habe ich nicht nur die perfekte Frau gefunden, um Tabby großzuziehen, sondern auch die perfekte Frau für mich."

„Das ist verrückt, Alexander." Rebecca stampfte mit ihrem zierlichen Fuß auf. „Ich werde das nicht dulden."

Tabby schmollte und Ky sah immer noch auf den Boden, sodass

es vielleicht am besten war, wenn sie den Raum verließen. „Ky, warum nimmst du Tabby nicht mit nach oben und hilfst ihr, ihre Sachen auszupacken?"

„Sicher", stimmte Ky mir zu, nahm Tabby und ließ mich mit den Leuten allein, die meine Beziehung offensichtlich missbilligten. Was inakzeptabel war.

Claus fuhr sich verärgert mit der Hand über das Gesicht. „Was wird Rachelle davon halten, Alexander?"

Ich sollte nicht darauf hinweisen müssen, aber es war wohl nötig. „Rachelle wird davon nicht betroffen sein, Claus. Sie ist nicht hier, um von meiner neuen Liebe verletzt zu werden."

Rebecca warf die Hände in die Luft. „Das ist keine Liebe, Alexander! Es ist das Resultat jahrelanger Einsamkeit, aber es ist keine Liebe. Niemand verliebt sich in sein viel jüngeres Kindermädchen! Mit so einem Mädchen kann man Spaß haben, aber man verliebt sich nicht. Das weiß jeder."

Die Art, wie Claus nickte, erschütterte mich. „Hört zu, ich habe nicht den gleichen Hintergrund wie ihr. Ich weiß, dass die Leute in euren Kreisen sich anders verhalten. Aber ich bin nicht so. Es gibt keine feinen Leute in meinem Leben, denen ich irgendetwas erklären muss, außer euch. Aber ihr seid nicht wirklich ein Teil von meinem Leben, sondern von Tabbys."

„Und als Tabithas Großmutter muss ich sagen, dass dies eine Farce ist, Alexander." Rebecca spielte diese Karte für meinen Geschmack viel zu früh aus. „Sie braucht eine gefestigte Person in der Mutterrolle. Kein Kind. Hast du darüber nachgedacht, was passieren wird, wenn dieses Mädchen rebelliert?"

„Sie ist kein Teenager, Rebecca." Ich fuhr frustriert mit der Hand über mein Gesicht. „Ky ist eine reife junge Frau. Sie ist nicht wie die meisten Mädchen in ihrem Alter. Und sie liebt Tabby. Sie ist ein perfektes Vorbild für meine Tochter."

Claus sah mich mit hochgezogenen Augenbrauen an. „Da bin ich mir nicht so sicher. Tabithas Wortwahl ist nicht so, wie sie einmal war. Sie hat viel Slang gelernt."

Rebecca mischte sich ein: „Und sie benutzt Wörtern, wie *doll* statt sehr. Das gefällt mir nicht. So spricht eine Vanderhaven nicht."

„Das ist in Ordnung. Kinder reden heutzutage so. Man kann nicht verhindern, dass sie solche Dinge hören. Ky ist nicht die Einzige, die so spricht." Ich hatte gewusst, dass sie etwas darüber sagen würden. Sie waren immer schon streng, was die korrekte Verwendung der Sprache betraf.

„Und wann wirst du Tabitha endlich in die Vorschule schicken, Alexander?", fragte Claus. „Sie ist jetzt drei. Sie sollte bereits hingehen."

Ich wollte sie noch nicht einschulen. „Nicht, dass es euch etwas angeht, aber ich werde sie erst mit vier Jahren in die Vorschule schicken."

Rebecca gefiel es nicht, dass ich sagte, es ginge sie nichts an. Es stand ihr ins Gesicht geschrieben. „Alexander, Tabitha ist unsere Enkelin. Wir sind für sie verantwortlich und somit geht uns alles, was sie betrifft, etwas an. Und wir glauben nicht, dass du ihr mit deiner Beziehung zu einem Kindermädchen ein gutes Vorbild bist. Was, wenn sie später einmal einen Stallknecht heiratet?"

Lachend sagte ich: „Ich glaube nicht, dass es so etwas noch gibt, Rebecca."

Sie wedelte mit der Hand durch die Luft und schnaubte: „Du weißt, was ich meine."

Claus fügte hinzu: „Tabitha ist eine von uns und wir erwarten, dass sie sich auch so verhält. Und du bist es auch, Alexander. Als du unsere Tochter geheiratet hast, haben wir dir alles erklärt. Erinnerst du dich nicht?"

Sie hatten mir einen Vortrag darüber gehalten, was von mir erwartet wurde und was nicht erlaubt war. Aber ich war kein Teil dieser Familie mehr. „Ich gehöre nicht mehr zur Familie Vanderhaven, Claus. Und Tabby ist eine Arlen. Sie hat auch euer Blut in ihren Adern, aber sie trägt meinen Nachnamen. Ihr braucht euch keine Sorgen darüber machen, dass sie den Namen Vanderhaven beschmutzt."

„Du machst es dir viel zu einfach, Alexander", sagte Rebecca. „Als Arzt solltest du klüger sein. Tabitha wird immer eine Vanderhaven sein. Sie ist eine Erbin. Wie bei ihrer Mutter wird auch von ihr erwartet, dass sie sich entsprechend benimmt." Sie drehte sich zu ihrem Ehemann um. „Vielleicht sollten wir darüber nachdenken, unsere Reisen zu verschieben, damit wir uns um Tabitha kümmern können."

„Das ist nicht nötig, weil das nicht passieren wird." Ich würde ihnen nicht nachgeben. „Tabby bleibt bei mir. Ende der Diskussion."

Keiner von ihnen war daran gewöhnt, nicht das letzte Wort zu haben. Claus wies zur Decke. „Was wird Rachelle darüber denken, Alexander?"

„Sie ist wahrscheinlich wütend auf euch, weil ihr mir droht." Was dachte ihr Vater? Glaubte er wirklich, dass Rachelle wollte, dass ich allein war? Oder noch schlimmer, mit jemandem zusammen, den ihre Eltern ausgewählt hatten?

„Rachelle möchte, dass wir tun, was für ihre Tochter richtig ist", fuhr Claus fort. „Tabitha war bei dir immer gut aufgehoben, Aber jetzt, da du den Verstand verloren und dich in eine Angestellte verliebt hast, müssen wir eingreifen. Es ist in Tabithas Interesse, bei uns zu leben, wenn du diese idiotische Scharade einer Beziehung fortsetzt."

„Nur zu deiner Information – Tabby liebt es, mit uns beiden zusammen zu sein. Wir haben schon viele Dinge zusammen unternommen und sie fühlt sich bei Ky und mir sehr wohl und ist glücklich." Ich schob meine Hände in meine Taschen und ballte sie zu Fäusten, während ich begann, mich über ihre Einmischung in mein Privatleben zu ärgern. „Das hier ist lächerlich. Ich hätte euch nicht einmal von Ky erzählen müssen." Vielleicht hätte ich einfach meinen Mund halten sollen.

Rebecca grinste. „Wenn du Stillschweigen darüber bewahrst, was du hinter verschlossenen Türen tust, werden wir kein weiteres Wort darüber verlieren, dir Tabitha wegzunehmen. Verstecke deinen frivolen Lebenswandel vor unserer Enkelin und der Gesellschaft, und wir tun, als hätten wir nie davon erfahren."

Ich soll die Liebe verstecken, die ich gefunden habe?

„Auf keinen Fall." Das wäre nicht nur unfair, sondern würde Ky tief verletzen. Ich wollte offen sein für das, was wir hatten. „Wir werden eine Familie sein. Eines Tages in naher Zukunft hört ihr vielleicht sogar, wie Tabby Ky *Mom* nennt."

Rebecca presste ihre Hand auf ihre Brust und taumelte zurück. „Nein!"

Oh, wie dramatisch!

Claus fing sie auf, als sie in seine wartenden Arme stolperte. Anscheinend hatte sie das schon oft gemacht, weil er genau richtig positioniert war.

„Doch." Ich verschränkte meine Arme vor mir. „Ky und ich sind jetzt ein Paar. Findet euch damit ab. Sie wird am Leben eurer Enkelin teilhaben, ob ihr es gutheißt oder nicht. Mein Rat an euch ist, euch daran zu gewöhnen. Es könnte euch die Zuneigung eurer Enkelin kosten, wenn ihr gemeine Dinge über die Frau sagt, die sie liebt."

Claus sah seine Frau an. „Tabitha hat an diesem Wochenende viel über sie gesprochen."

Rebecca nickte. „Sie hat schon zu viel Einfluss auf sie. Wenn Tabitha sie als Mutterfigur betrachtet, ist alles verloren. Wir müssen etwas unternehmen, Claus. Wir müssen für unsere Tochter und unsere Enkelin das Richtige tun."

Er nickte und mir klappte die Kinnlade herunter. „Ihr unternehmt gar nichts, Rebecca. Das könnt ihr nicht. Ich habe meiner Tochter nie etwas getan, das es rechtfertigt, sie mir wegzunehmen."

„Wir können dir das Geld wegnehmen, Alexander", sagte Claus. „Das war das Erbe unserer Tochter, nicht deins."

„Als ihr Ehemann ging ihr Geld bei ihrem Tod an mich über." Es ärgerte mich, dass er es gegen mich verwendete. „Rachelle wollte, dass ich es bekomme. Sie wollte, dass unsere Tochter so weiterleben kann wie vor ihrem Tod. Und die Tatsache, dass ihr es uns wegnehmen wollt, sagt mir, dass Rachelle euch nichts davon erzählt hat, dass sie die erforderlichen Dokumente unterzeichnet hat, um ihr gesamtes Vermögen an mich zu überschreiben."

Claus sah seine Frau an. „Hat sie dir gesagt, dass sie so etwas getan hat?"

Rebecca schüttelte den Kopf. „Ich bin sicher, dass unsere Anwälte alles rückgängig machen können, was sie getan hat." Sie sah mich mit zusammengekniffenen Augen an. „Wir geben dir ein wenig Zeit, um zur Besinnung zu kommen, Alexander. Aber nicht lange. Trenne dich von dem Mädchen oder verstecke es, das ist deine Entscheidung." Dann wandte sie sich ab und die beiden verließen mein Haus.

Als ich mich wieder umdrehte, sah ich, dass Ky hinter mir stand. Ihr Blick war auf den Boden gerichtet.

„Baby, mach dir keine Sorgen." Ich ging zu ihr und sie hob ihre Hände, um mich aufzuhalten.

Was jetzt?

18

KY

Meine Hände lagen auf seiner Brust und ich fühlte das Summen in meinem Gehirn, als ich die Worte aussprach, von denen ich nie gedacht hätte, dass ich sie sagen würde. „Ich will dich nicht mehr sehen, Alex."

„Das meinst du nicht so", flüsterte er, als er meine Hände von seiner Brust nahm und sie zwischen uns festhielt.

„Tabby ist wichtiger als alles andere." Ihre Großeltern hatten mehr Geld und Macht als Alex. „Diese Leute haben viel Einfluss. Sie können sie dir wegnehmen, wenn sie wollen. Und sie brauchen das Geld nicht, aber ich bin sicher, dass ihre Anwälte es dir ebenfalls wegnehmen können. Du hast zu viel zu verlieren, um diese Sache zwischen uns weiterzuführen."

„Ich habe keine Angst, Ky." Er zog mich an sich und schlang seine Arme um mich. „Nein, das ist nicht ganz richtig. Ich habe Angst, dich zu verlieren. Ich werde dich nicht ihretwegen und wegen ihrer albernen Drohungen verlieren. Also schlage dir diese Idee aus dem Kopf."

Ich hielt ihn fest und wollte ihn nicht gehen lassen, auch wenn ich wusste, dass ich es sollte. „Sie sind nur die Ersten in einer langen Schlange, die dein Verhalten idiotisch finden werden."

„Du irrst dich." Er wiegte mich in seinen Armen. „Das ist nicht idiotisch. Überhaupt nicht. Meine Kollegen haben kein Problem damit. Ich sehe diese Leute jeden Tag. Und nur damit du es weißt, Ky: Es ist mir völlig egal, was andere Leute denken. Wenn mir meine ehemaligen Schwiegereltern Rachelles Geld wegnehmen wollen, dann sollen sie es versuchen. Ich verdiene auch so genug."

„Aber dieses Haus", jammerte ich, als ich daran dachte, dass er und Tabby ihr neues Zuhause verlassen müssten. „Du würdest alles verlieren."

„Nein, das würde ich nicht." Er umarmte mich fester. „Alles, was wir haben, ist bereits bezahlt. Das Haus, die Autos, alles. Was würde ich also verlieren? Den Zugang zu ein paar Milliarden, das ist alles. Und ich bezweifle, dass es überhaupt so weit kommt. Rachelle hat die Anwälte ihrer Eltern gebeten, ihr Testament aufzusetzen. Ihre Drohung ist also nicht einmal umsetzbar." Seine Lippen drückten sich gegen meinen Kopf. „Aber ich würde auf alles Geld der Welt verzichten, wenn ich dich dafür behalten könnte."

Ich wusste nicht, was ich tun sollte. Also schob ich ihn ein bisschen von mir, um ihm in die Augen zu sehen. „Versprich mir, dass du mit mir Schluss machst, wenn sie dich vor Gericht zerren und dir Tabby wegnehmen wollen." Der Schmerz, den ich bei dem Gedanken daran empfand, war unmenschlich.

„Das wird nicht passieren", sagte er. „Wir müssen uns keinen Plan ausdenken. Sie sind gerade nur verärgert. Sie werden lernen, es zu akzeptieren. Außerdem haben sie gar keine Zeit, um ein Kind großzuziehen. Sie hatten kaum Zeit für Rachelle. Sie hat den Großteil ihrer Kindheit in Internaten verbracht."

Ich erschauderte, als ich mir vorstellte, dass Tabby an einem solchen Ort leben könnte. „Es wäre schrecklich, wenn Tabby das durchmachen müsste." Er musste wissen, dass ich ihn aufgeben würde, bevor Tabby irgendetwas Schlimmes widerfuhr. „Du brauchst vielleicht keinen Plan, wenn das Schlimmste passiert, aber ich. Verstehe bitte, dass ich dich verlassen werde, wenn es so aussieht, als würden sie Tabby in die Hände bekommen. Ich meine es ernst, Alex."

Er lächelte und küsste mich dann. „Du liebst sie wirklich."

Ich legte meinen Kopf auf seine Schulter und umarmte ihn. „So sehr wie ich dich liebe. Ihr seid für mich wie eine Familie."

„Du wirst eine großartige Mutter sein." Er küsste mich erneut. „Irgendwann einmal. Wenn wir bereit dafür sind."

Mein Atem stockte in meiner Kehle. „Willst du damit sagen, dass du und ich eines Tages ein Kind haben werden?" Ein Schauder schoss durch meinen Körper.

„Oder Kinder. Ein paar mehr würden diese Familie bereichern." Er wirbelte mich im Kreis herum und tanzte mit mir, obwohl keine Musik lief. „Du bist meine Familie, Ky. Niemand kann meine Familie zerstören. Nicht einmal die alten, reichen Vanderhavens."

Tabby kam ins Foyer gerannt und schlang ihre Arme um meine Beine. Alex ließ mich los, um sie hochzuheben, und umarmte mich dann erneut. „Mach mit, Tabby. Wir sind verliebt und lieben dich auch."

Sie legte ihre Hand an meine Wange und flüsterte: „Ich liebe dich auch."

Tränen brannten in meinen Augen. „Ich würde alles für dich tun, Tabby."

„Können wir Pizza essen?", fragte sie. „Grandma hat nur Gemüse."

Ich dachte darüber nach, wie ihr Leben aussehen würde, wenn ihre Großeltern es schafften, sie ihrem Vater wegzunehmen. „Pizza klingt nach einer großartigen Idee. Du musst am Verhungern sein."

Sie rieb sich den Bauch. „Ja."

Alex sah seine Tochter traurig an. „Hattest du keine gute Zeit bei deinen Großeltern, Tabby?"

„Ich habe euch vermisst." Tabby umarmte ihn und er sah mich seltsam an.

Dann setzte er sie ab und sagte: „Zieh dir deinen Mantel an und wir gehen in die Pizzeria."

Sie rannte wie ein Blitz davon, als Alex mich ansah. „Vielleicht muss ich auch irgendwann notarielle Dokumente für dich erstellen lassen."

Ich hatte keine Ahnung, wovon er sprach. „Wofür?"

„Damit du Tabby behalten kannst, wenn mir jemals etwas zustößt." Er sah besorgt aus. „Dann könntest du auch ihr Vermögen verwalten, bis sie alt genug ist, um sich selbst darum zu kümmern." Er biss sich auf die Unterlippe, als er über die Situation nachdachte. „Sie muss beschützt werden. Ich möchte nicht, dass sie so aufwächst wie Rachelle. Sie hat sich oft über ihre Kindheit beschwert. Ich möchte nicht, dass meine Tochter das durchmacht, was ihre Mutter ertragen hat."

„Was ist mit deinen Eltern, Alex?" Ich hatte keine Ahnung, was passieren würde, wenn ihm etwas zustieß, und wollte nicht einmal daran denken. Aber da er seine Frau an den Krebs verloren hatte, war es wohl nur natürlich, dass er sich Gedanken darüber machte.

Er schüttelte den Kopf. „Tabby hat sie nicht oft gesehen. Sie kennt sie nicht gut genug, als dass sie ihr Vormund sein könnten. Und bei ihren anderen Großeltern würde es ihr nicht gutgehen." Seine Augen trafen meine. „Würdest du diese Verantwortung wollen, Ky?"

„Um ehrlich zu sein, würde es mich umbringen, wenn jemand sie mir wegnehmen würde." Aber ich hatte es nicht in mir, gegen die Eltern ihrer Mutter anzukämpfen. „Die notariellen Dokumente müssten allerdings absolut unanfechtbar sein. Die Vanderhavens scheinen harte Gegner zu sein. Es wäre besser, sie auf unserer Seite zu haben."

„Das wäre es wirklich", stimmte er mir zu. „Vielleicht werden sie mit der Zeit sehen, dass wir gar nicht so übel sind."

Nicht einmal er wollte gegen sie kämpfen. Aber er wäre darin viel besser als ich. „Lass uns beten, dass dir niemals etwas zustößt, Alex."

Er sah mir in die Augen und schien nicht überzeugt zu sein. „Ich wünschte, Gebete könnten verhindern, dass schlimme Dinge passieren, Baby." Er legte seinen Arm um mich, als wir hörten, wie Tabby zu uns zurück eilte.

„Ich bin bereit, Daddy." Sie blieb stehen und ergriff die Hand ihres Vaters.

Auf dem Weg zur Garage machten wir in der Küche halt. Alex sah sich das Essen an, das der Koch bereits zubereitete. „Wir gehen mit

Tabby in die Pizzeria. Ky und ich werden aber hier zu Abend essen. In der Lounge. Tabby hatte am Wochenende kein Junk-Food und sehnt sich danach."

Rudy lächelte Tabby an. „Wenn du nach Hause kommst, werde ich dir ein großes Stück des Schokoladenkuchens servieren, den ich gebacken habe."

„Haben Sie mich vermisst, Mr. Rudy?", fragte Tabby grinsend.

„Oh ja." Rudy tippte mit dem Finger auf ihre Nase. „Und deine süßen, kleinen Sommersprossen auch." Er griff in seine Hosentasche und holte einen Fünf-Dollar-Schein heraus. „Hier, für ein paar Spiele, Prinzessin."

Mit großen Augen nahm Tabby das Geld entgegen. „Danke, Mr. Rudy." Sie sah zu ihrem Vater und dann zu mir auf. „Was für ein großartiger Tag!"

Alex sah mich an. „Ja, das stimmt." Als wir weitergingen, beugte er sich vor, um mir ins Ohr zu flüstern. „Und was für eine Nacht wir haben werden, mein süßes, kleines Ding." Er sah über seine Schulter. „Rudy, können Sie Chloe sagen, dass sie Kys Sachen aus ihrem Zimmer in mein Zimmer bringen soll, während wir weg sind?"

„Ich verstehe", sagte Rudy mit einem Grinsen und ich wurde rot. „Herzlichen Glückwunsch. Sie sind ein schönes Paar."

Tabby schien genauso zu denken. „Sie sind süß."

Alex strahlte, als ich meinen Kopf auf seine Schulter legte. Er hatte recht damit, dass die Leute in unserer Umgebung sich für uns freuten. Darauf kam es an.

Als ich Tabby auf ihren Kindersitz half, setzte sich Alex ans Steuer seines Suburban. „Also, welche Pizzeria soll es sein, Tabby?"

„*Hobbits Pizza*." Sie streckte die Hand aus und fuhr mit ihren Fingern durch meine Haare. „Deine Haare glänzen. Das ist hübsch."

„Danke. Deine Haare sehen heute auch hübsch aus." Ich erinnerte mich daran, was ihre Großeltern über ihre Wortwahl gesagt hatten. Ich musste besser darauf achten, wie ich sprach, und Tabby korrigieren, wenn sie falsche Grammatik verwendete. „Weißt du, wenn du hörst, wie ich *def* oder dergleichen sage, erinnere mich daran, dass es nicht richtig ist, so zu sprechen. Ich werde das Gleiche für dich tun. Wir wollen schlau sein, nicht wahr?"

Nickend stimmte sie mir zu. „Ich will schlau sein."

„Gut." Ich schnallte sie an und setzte mich auf den Vordersitz. Alex lächelte. „Was?"

„Du machst mich glücklich." Er drückte den Knopf, um das Garagentor zu öffnen, und fuhr nach draußen.

Tabby zeigte auf das Radio. „Können wir Musik hören, Daddy? Ich habe meine Musik vermisst."

Wir lachten beide. Ich schaltete den Disney-Musikkanal ein und wir sangen alle mit, als wir die Straße hinunter fuhren.

Es beginnt, sich wie etwas ganz Besonderes anzufühlen.

19

ALEX

Die Spiele in der Pizzeria hatten Tabby erschöpft. Sie war im Auto eingeschlafen und ich trug sie direkt ins Bett. Nachdem ich sie zugedeckt hatte, ging ich in mein Schlafzimmer, um sicherzustellen, dass Kys Sachen hergebracht worden waren. Als ich ihren Bademantel an der Tür zum zweiten Schrank hängen sah, hüpfte mein Herz. „Sie ist offiziell bei mir eingezogen." Ich schloss die Tür und ging nach unten, um Ky in der Lounge zu treffen, wo uns das Abendessen serviert werden sollte.

Sie saß an der Bar und nippte an etwas Rosafarbenem. Ihre Augen folgten mir, als ich mich ihr näherte. „Willst du probieren?"

„Es sieht irgendwie fruchtig aus." Ich rümpfte die Nase.

„Da ist Rosentequila drin." Sie reichte mir das Glas. „Komm schon, probier mal."

Ich nahm einen kleinen Schluck und fand es ganz gut. „Nicht schlecht."

„Ich habe es selbst erfunden. Ich werde es *Kys Rose* nennen." Sie lächelte, als sie das Glas auf die Bar stellte. „Es ist der Tequila, von dem ich dir erzählt habe, mit einem Tropfen Maraschino-Kirschsaft und einem Spritzer Triple Sec."

„Du bist ziemlich kreativ, hm?" Ich massierte ihre Schultern, während ich vor ihr stand.

Delia kam mit unseren Salaten herein. Ihre Augen weiteten sich, als sie uns so sah. „Oh, Rudy hatte es schon angedeutet. Sie beide sind jetzt also ein Paar?"

Ky ließ den Kopf hängen und errötete bei der Erkenntnis, dass die Assistentin des Küchenchefs über uns Bescheid wusste.

„Wir sind offiziell ein Paar." Ich umfasste Kys Kinn, um ihr hübsches Gesicht nach oben zu ziehen. „Richtig, Baby?"

Sie lächelte. „Richtig. Wir sind zusammen."

„Es ist schön, Sie glücklich zu sehen", sagte Delia. „Sie passen gut zusammen. Ich serviere später noch den gegrillten Schwertfisch. Guten Appetit."

Ich zog für Ky einen Stuhl unter dem Tisch hervor. Als sie sich setzte, gab sie ein leises Stöhnen von sich und sagte: „Mhmm, Schwertfisch. Wie edel."

„Bei diesem Stöhnen bekomme ich Appetit auf etwas anderes." Ich setzte mich, griff über den Tisch, nahm ihre Hand und hielt sie fest, während ich in ihre grünbraunen Augen schaute. „Ich habe etwas überprüft, nachdem ich Tabby ins Bett gebracht habe. Deine Sachen sind jetzt in *unserem* Schlafzimmer. Und ich bin bereit, das Bett mit dir einzuweihen."

Lächelnd schaute Ky weg. „Das ist zu viel. Am Anfang hat es sich wie ein Traum angefühlt. Jetzt drehe ich fast durch."

„Nicht." Ich zog ihre Hand hoch und küsste sie. „Das ist real, Ky. Alles. Es wird nicht immer wie geplant laufen. Wir werden manchmal Meinungsverschiedenheiten haben."

Sie legte den Kopf schief. „Okay, jetzt, da wir uns ein Badezimmer teilen, solltest du wissen, dass meine Mutter meinen Vater gut erzogen hat. Wir hatten nie Probleme damit, dass die Klobrille hochgeklappt war. Ich gehe nachts ins Badezimmer, ohne das Licht anzumachen, und vertraue darauf, dass es hier auch so ist."

Ich ließ ihre Hand los, um mit den Fingern zu schnippen. „Verdammt. Ich klappe die Klobrille nie herunter", scherzte ich.

„Nun, du fängst besser damit an." Sie lachte und nahm dann

einen Bissen von ihrem Salat. „Oh, wow. Himbeer-Vinaigrette. Sie ist wunderbar."

Ich nahm einen Bissen und stimmte ihr zu. „Das ist köstlich."

Nach einem herrlichen Abendessen gingen wir in unsere Suite. Es fühlte sich gut an, ein Zimmer mit jemandem zu teilen, den ich liebte. Als wir den Wohnbereich der Suite betraten, zeigte ich darauf. „Ich möchte, dass du diesem Raum deine persönliche Note verleihst. Hier ist dein Zuhause."

„Das Erste, was wir hier brauchen, ist ein Fernseher." Sie lächelte, als sie meine Hand nahm und mich aus dem Wohnbereich ins Schlafzimmer zog. „Dann können wir uns Serien und Filme ansehen, während wir Eis essen und Wein trinken. Das machen Paare an einem Samstagabend zusammen, nicht wahr? Ich war noch nie Teil eines Paars, also kann ich nur Vermutungen anstellen."

„Das können wir manchmal tun." Ich zog sie in meine Arme. „Aber am liebsten würde ich dich vernaschen, während wir hier sind."

„Das hört sich auch gut an." Sie fuhr mit ihren Händen über meine Arme und dann in meine Haare. „Wie wäre es, wenn wir uns jetzt gegenseitig vernaschen?"

„Hervorragende Idee, Baby." Ich zog ihr das Shirt aus und warf es auf den Boden. „Und du wirst nicht aufstehen, um die Laken zu wechseln oder unsere Kleider aufzuheben, verstanden?"

Sie nickte, als sie mir mein Hemd auszog und es durch den Raum warf. „Verstanden."

Das Kingsize-Bett in meinem Zimmer war viel größer als das Queensize-Bett, in dem sie schlief. Beim Blick auf das Bett wirkte sie verblüfft. Sie würde sich in dem Ding verloren fühlen. „Mach dir keine Sorgen, Ky. Ich werde dich festhalten, damit du dich nicht in unserem riesigen Bett verirrst."

„Versprochen?", fragte sie lachend und zog ihre Jeans aus. „Weil ich sonst wahrscheinlich nie wieder hinausfinde."

„Das werde ich nicht zulassen." Ich ließ meine Boxershorts fallen und betrachtete ihren herrlich nackten Körper, während sie meinen betrachtete. „Das ist die erste Nacht in unserem Zimmer. Es fühlt sich richtig an."

Sie nickte und stieg dann auf den Knien auf das Bett. „Das tut es. Komm jetzt und klettere mit mir auf diese Monstrosität. Dann kannst du dafür sorgen, dass ich mich noch besser fühle." Sie drehte sich um und krabbelte auf Händen und Knien über das Bett zum Kopfende.

Ich packte ihren Knöchel und hielt sie auf. „Was hast du vor?" Ich zog sie zurück zu mir und gab ihr einen Klaps auf den Hintern.

„Hey!", rief sie.

Ich warf sie auf den Rücken und zog sie zu mir, bis ihr Hintern an der Bettkante war. Dann kniete ich mich hin, blies warme Luft über ihre Muschi und reizte ihre Klitoris mit meiner Zunge. Bei ihrem Wimmern zuckte mein Schwanz. „Ich hole mir jetzt meinen Nachtisch. Lehne dich einfach zurück und lass mich dich kosten. Ich habe Lust auf einen anderen Drink. Dieser enthält allerdings keinen Alkohol, um mich zu berauschen."

Ich presste meinen Mund auf ihre Schamlippen, bevor ich sie mit meiner Zunge erkundete. Sie packte meine Haare und zog daran, während sie stöhnte: „Ja, Baby. Oh, das fühlt sich so gut an."

„Du schmeckst himmlisch, Baby." Ich leckte weiter und drückte meine Zunge in ihr süßes Zentrum, um sie unerbittlich zu reizen, bis sie bei ihrem Orgasmus schrie.

Wimmernd zog sie an meinen Haaren und fragte: „Kannst du mich jetzt bitte ficken?"

Als ich aufstand, sehnte sich mein Schwanz danach, in ihr zu sein. „Wenn du so nett darum bittest." Ich spreizte ihre Beine, als ich vor ihr stand, und rammte meinen harten Schwanz in ihr pulsierendes Zentrum.

„Oh ja!" Sie griff mit beiden Händen nach dem Bettlaken, als ich ihre Hüften festhielt und fest zustieß.

Fasziniert beobachtete ich, wie mein Schwanz in sie hinein und wieder heraus glitt. Feucht und glänzend vergrub er sich in ihr und zog sich dann wieder zurück. Ihre Klitoris erregte meine Aufmerksamkeit, als sie anschwoll, und ich massierte sie mit einem Finger. Sie wurde noch größer, dann stöhnte Ky und ihr Körper zog sich um meinen Schwanz zusammen, als sie kam.

Ich zog meinen Schwanz aus ihr heraus und steckte zwei Finger in sie, um sie mit unseren kombinierten Säften zu benetzen. Als ich sie kostete, fand ich den Geschmack zu gut, um ihn nicht zu teilen, als tauchte ich meine Finger erneut in Ky und steckte sie dann in ihren Mund. Sie saugte daran, während sie stöhnte. Ich kletterte auf das Bett und legte meinen Schwanz, der immer noch feucht glänzte, an ihre süßen Lippen.

Sie öffnete ihren Mund und ich stieß meinen Schwanz hinein und beugte mich dann vor, um meine Hände auf das Bett zu legen und mich hochzustemmen. Dann fickte ich ihren Mund mit langsamen, gleichmäßigen Stößen, während ich ihre Arme mit meinen Knien unten hielt.

Unfähig, mich aufzuhalten, stöhnte Ky vor Ekstase, als ich weitermachte und mich ein Stück weiter in ihrem Hals hinunter bewegte, bis ich meinen Schwanz ganz in ihrem Mund vergraben konnte. „Verdammt, Baby. Nimm alles. Du bist so gut darin. Ich kann nicht glauben, dass du mir gehörst."

Ich bewegte mich schneller und etwas härter, als ich sie so fickte. Aber dann spürte ich den Drang zu kommen und musste mich zurückziehen. Ich wollte nicht in ihrem Mund zum Orgasmus kommen, sondern an einem Ort, wo ich noch nie war.

Sie wischte sich mit dem Handrücken über den Mund, als ich mich von ihr abrollte. Lächelnd sagte Ky: „Das war anders als sonst."

„Hat es dir gefallen?", fragte ich, als ich meinen Schwanz wieder in sie steckte, um ihn mit ihren natürlichen Säften zu überziehen.

Sie nickte. „Es war ziemlich intensiv, so festgehalten zu werden. Ich fühlte mich, als wäre ich deine Gefangene. Ich mochte es."

Ich zog mich von ihr zurück. „Okay, Geh auf deine Hände und Knie. Lass dich dann fallen, bis deine Schultern auf dem Bett liegen. Ich werde deinen engen, kleinen Hintern erobern."

Sie drehte den Kopf und sah mich über die Schulter an. „Du willst meinen Arsch ficken?"

Ich konnte nicht anders, als zu lächeln, als sie sich die Lippen leckte. „Nun, das sollte ebenfalls intensiv sein."

Ich beschloss, ihr ein Kissen zu holen, falls sie viel Lärm machte. „Hier." Ich legte das Kissen vor sie. „Falls du schreist."

Ihre Augen weiteten sich. „Glaubst du, es wird wehtun?"

„Ich habe keine Ahnung. Ich habe es noch nie gemacht." Ich zuckte mit den Schultern. „Noch eine Premiere für uns beide. Ich mag die Vorstellung, dies mit dir zu teilen."

„Ja, ich auch." Sie wackelte mit ihrem Po. „Und versohle mir den Hintern! Ich weiß nicht, warum ich das so liebe."

Ich versetzte ihren Pobacken mehrere scharfe Schläge, während ich einen Finger in ihr Zentrum stieß, um ihn nass zu machen, bevor ich ihn in ihren Arsch schob. Er ging nicht weit hinein, aber dann fiel mir etwas ein, das ich im Studium gelernt hatte. „Drücke, als ob du auf der Toilette bist, Ky."

Sie sah mich an. „Das ist widerlich."

„Vertrau mir einfach." Ich behielt meinen Finger genau dort, wo er war, und als sie ein leises Stöhnen ausstieß und drückte, rutschte mein Finger ganz hinein und ich bewegte ihn vor und zurück.

„Oh", stöhnte sie. „Oh ja."

„Fühlt sich das gut an?", fragte ich, während ich weitermachte.

„Ja, das tut es." Sie sah mich wieder über die Schulter an. „Hey, versohle mir den Hintern, während du mich fickst. Sag mir, dass ich deine dreckige, kleine Schlampe bin. Ich mag es, wenn wir so tun, als wäre ich dir ausgeliefert. Du bist mein sexy Entführer, der mir süßen Qualen zufügt."

„Nur zu gern." Ich zog meinen Finger aus ihr heraus und rammte meinen Schwanz in ihre nasses Muschi, bevor ich die Spitze wieder an ihrem Arschloch platzierte. „Okay, drück nochmal, Baby."

Sie tat es und vergrub ihr Gesicht im Kissen, als ich in ihr jungfräuliches Loch schlüpfte. Die Enge trieb mich fast in den Wahnsinn, als ich in sie eintauchte. Ich würde nicht lange durchhalten können. „Oh, verdammt, du bist so eng!"

Schließlich hörte sie auf zu schreien und hob ihr Gesicht vom Kissen. „Jetzt ist es besser. Am Anfang war es unangenehm."

„Das ist unglaublich." Ich rammte mich in ihren Hintern und gab ihr immer wieder einen Klaps. „Du hast keine Ahnung. Es hat sich für meinen Schwanz noch nie so gut angefühlt." Und dann drückte sie erneut und zog sich noch fester um mich zusammen. „Ky!" Ich explodierte in ihr und Sterne tanzten vor meinen Augen, als ich heftig kam.

Verdammt, ich liebe dieses Mädchen!

20

KY

Eine Woche später war die Flitterwochenphase noch nicht vorbei. Aber für Alex hatte die Arbeit wieder begonnen.

Wir hatten kein Wort von Tabbys Großeltern gehört und ich dachte, Alex hatte recht damit gehabt, dass sie Zeit brauchten, um alles zu verarbeiten. Tabby hatte meine Eltern am Vormittag getroffen und sie wollten bald vorbeikommen, um meinen neuen Freund kennenzulernen.

Ich saß am Esstisch und machte eine Liste mit Gerichten, die meine Eltern mochten. Rudy hatte mich gebeten, das zu tun, damit er etwas Besonderes auftischen konnte.

Steven kam mit einem Malbuch in der Hand ins Esszimmer. „Tabby hat das im Auto gelassen. Ich dachte, sie will es vielleicht zurückhaben."

„Sie macht gerade ein Nickerchen." Ich klopfte auf den Tisch. „Lassen Sie es ruhig hier liegen."

Er legte das Buch auf den Tisch. „Ihre Eltern sind nett, Ky. Ich werde nicht sehr oft eingeladen. Und der Kaffee war auch gut."

„Ich bin froh, dass es Ihnen gefallen hat. Meine Mutter lässt niemanden draußen sitzen." Ich lächelte. „Sie sind ungefähr so alt wie Alex. Ich habe noch nichts von einer Frau oder Freundin gehört. Sind Sie Single?"

„Ja, das bin ich." Er sah verlegen aus. „Ich habe Probleme mit PTBS. Ich möchte mich niemandem zumuten."

„Bekommen Sie dafür Hilfe?" Ich hoffte, dass er nicht versuchte, es allein zu schaffen.

„Ja." Er nickte. „Ich gehe seit drei Jahren zu einem Therapeuten. Er hilft mir sehr. Er war vor vielen Jahren in der Armee und weiß, wie es ist, Dinge zu sehen, die ein Mensch niemals sehen sollte."

„Drei Jahre sind ziemlich lange." Er musste nicht für immer allein sein. „Wenn Sie wollen, könnte ich hier irgendwann eine kleine Party veranstalten. Ich habe viele Freundinnen. Einige sind sehr hübsch."

Lachend sagte er: „Ich hätte nichts dagegen, mit hübschen Mädchen eine Party zu feiern."

„Cool." Ich nahm mir vor, mit Alex darüber zu sprechen. „Ich fange an, Pläne zu schmieden."

„Klingt gut." Er zeigte mit dem Daumen nach hinten und deutete auf die Tür, durch die er gekommen war. „Ich habe noch einiges zu tun. Bis später, Ky."

„Bye, Steven." Ich überarbeitete meine Liste, die ich ziemlich langweilig fand. Mom mochte Flunder, also würde sie Schwertfisch lieben. Und ich strich die Hamburger Steaks durch und ersetzte sie durch Filet Mignon.

Mein Handy vibrierte in meiner Tasche und als ich es herauszog, sah ich Alex' Namen auf dem Bildschirm. „Hey, Babe."

„Hallo, Süße", begrüßte er mich. „Wie wäre es, wenn du Tabby zum Abendessen ins Krankenhaus bringst? Ein Patient wird eingeflogen und ich komme erst spät nach Hause."

Ich konnte meine Enttäuschung nicht verbergen, „Oh Mann."

„Ich weiß", seufzte er. „Rudy soll das Abendessen einpacken und wir essen es in der Cafeteria. In einer Stunde?"

„Tabby macht ein Nickerchen. Ich würde sie nur ungern wecken." Ich dachte darüber nach, wie sehr sie in letzter Zeit gewachsen war. „Sie ist drei Zentimeter größer als bei der letzten Messung. Das starke Wachstum bedeutet, dass sie mehr Ruhe braucht. Aber sie könnte hier bei Chloe bleiben, wenn sie bis dahin nicht wach ist."

„Immerhin werde ich zumindest eines meiner Mädchen sehen", sagte er. „Bis bald, meine Liebe."

„Bis bald." Ich stand auf und ging in die Küche, um Rudy über die Änderung der Pläne zu informieren. „Alex hat angerufen. Ein Patient wird ins Krankenhaus geflogen, also wird Alex nicht zum Abendessen zu Hause sein. Er möchte, dass Sie alles zusammenpacken und mir mitgeben. Wir essen in der Cafeteria des Krankenhauses."

„Ich hole die Camping-Teller und das Besteck", sagte Rudy, als er zur Speisekammer ging. „Soll ich Ihnen auch eine Flasche Wein mitgeben?"

„Das kommt darauf an, was Sie gekocht haben." Ich beugte mich über die Kochinsel, um zu sehen, woran er arbeitete.

„Gebratene Wildhühner mit Kürbis-Kumquat-Füllung. Dazu wollte ich Ihnen einen Weißwein servieren." Er hielt zwei Weingläser aus der Speisekammer hoch und schwenkte sie durch die Luft.

„Ich weiß nicht, warum Sie den Wein, den Sie ausgesucht haben, nicht mitschicken sollten. Denken Sie daran, auch einen Korkenzieher einzupacken." Ich drehte mich um, als das Festnetztelefon klingelte. „Wow, das passiert nicht oft."

Rudy nickte. „Chloe wird rangehen, das tut sie immer."

„Ich werde mich für die Fahrt ins Krankenhaus frisch machen und nachsehen, ob ich Tabby dazu bringen kann, mitzukommen." Ich verließ die Küche und ging zur Treppe, als Chloe aus dem Hauptwohnbereich kam.

Sie sah mich direkt an. „Ein Anruf für Sie, Ky."

„Wer ist es?" Ich fühlte mich unwohl, da ich noch nie jemandem die Festnetznummer gegeben hatte.

Sie senkte den Kopf und ging weiter. „Die Vanderhavens."

„Scheiße", sagte ich leise.

Meine Füße bewegten sich kaum, so als wüssten sie, dass ich nicht mit Tabbys Großeltern sprechen wollte. Ich verstand auch nicht, warum sie mich anstelle von Alex anrufen sollten. Wenn sie etwas über ihre Enkelin wissen mussten, sollten sie mit ihm sprechen.

Als ich am Telefon angekommen war, starrte ich es einen Moment an, bevor ich den Mut hatte, ranzugehen. „Hier spricht Ky."

„Hier spricht Mr. Vanderhaven", sagte Tabbys Großvater. „Hören Sie, ich versuche nicht, gemein zu Ihnen zu sein, Kyla. Wir haben Nachforschungen angestellt und herausgefunden, dass wir Rachelles Erbe nicht nutzen können, um Alexander dazu zu bringen, das zu tun, was wir wollen."

Ich war froh, das zu hören. „Also haben Sie beschlossen, das ganze Vorhaben aufzugeben?"

„Oh Himmel, nein." Er lachte, als wäre die Idee albern. „Nein, wir haben eine andere Idee, bei der es nur um Sie geht, Kyla Gertrude Rush. Wir haben Ihren Hintergrund überprüfen lassen."

Ich hatte nichts zu verbergen. „Und Sie haben erfahren, dass er sauber ist."

„Oh ja, makellos." Er räusperte sich. „Also haben wir beschlossen, Ihnen etwas zu geben, da Ihre Familie sehr wenig Geld hat. Sie hat überhaupt keine Ersparnisse. Wussten Sie das, Kyla? Und sie hat Schulden. Ich weiß nicht, wie Ihr Vater oder Ihre Mutter jemals in Rente gehen sollen. Und wenn man einmal siebzig ist, hat man auf dem Arbeitsmarkt ausgedient."

„Ich kann ihnen helfen, wenn es soweit ist." Worauf wollte er hinaus? „Ich verdiene viel Geld und fast alles davon steht ihnen zur Verfügung, wenn sie es brauchen."

„Sprechen Sie von den fünfzehntausend, die Sie auf Ihrem Girokonto haben?"

Er wusste davon? „Woher haben Sie all diese Informationen über unsere Finanzen?"

„Ich habe Kontakte. Und ich habe Möglichkeiten, nicht nur das Guthaben auf Ihrem Konto, sondern auch das Ihrer Eltern zu erhöhen."

„Warum sollten Sie das tun, Mr. Vanderhaven?" Er kam einfach nicht auf den Punkt.

„Wir lieben unsere Enkelin, Kyla. Wir wollen nur das Beste für sie. Und wie ich schon sagte, ich möchte Sie nicht verletzen." Er machte eine Pause, bevor er fortfuhr: „Tatsache ist, dass Sie nicht gut für Tabitha sind. Das heißt, ich mache Ihnen ein Angebot, das Sie nicht ablehnen können."

Ich legte meine Hand auf meine Hüfte, als mich Wut erfüllte.

„Wenn Ihnen Tabitha wirklich wichtig ist, werden Sie dieses Angebot annehmen", sagte er. „Sie hat etwas Besseres verdient, und das wissen Sie auch."

Ich fühlte mich, als hätte er mir den Wind aus den Segeln genommen, und ließ mich auf das Sofa fallen. „Ich liebe sie, Sir. Ich würde mein Leben für sie geben. Also sagen Sie mir bitte, wer besser für sie sein könnte."

Er antwortete: „Tabitha muss von jemanden großgezogen werden, der wohlhabend ist und weiß, wie man sich entsprechend verhält. Sie sind fast mittellos aufgewachsen. Die Dinge, mit denen Sie sich zufriedengeben, sind nicht gut genug für Tabitha. Sie braucht ein besseres Vorbild. Es ist nichts Persönliches, Kyla. Würden Sie das Kind eines reichen Mannes von einer Dienstmagd großziehen lassen?"

Mit was für einer Antwort rechnete er? Ich sagte ihm, was in meinem Herzen war: „Wenn diese Magd das Kind so lieben würde, als wäre es ihr eigenes, sollte sie es großziehen dürfen. Ich habe hier eine Familie geschaffen, Sir. Es tut mir leid, dass Sie nicht glauben, dass jemand, der so jung und arm ist, das tun kann, aber ich habe es geschafft. Ich bin in dieses Haus gekommen und habe die Leere, die Ihre Tochter bei ihrem Tod hinterlassen hat, gefüllt. Vielleicht nicht genau so, wie sie es getan hätte, aber Tabby und Alex sind glücklich. Meinetwegen. Wollen Sie, dass ich ihnen dieses Glück wegnehme? Schon wieder? Sie haben bereits die Mutter und Ehefrau verloren, die Rachelle für sie war. Sollen sie mich auch verlieren?"

„Sie argumentieren hervorragend, das muss ich Ihnen lassen", gab er zu. „Aber Sie sind noch nicht reif genug, um die Lage richtig einzuschätzen. Es tut mir leid. Noch einmal, es ist nichts Persönliches."

Wie könnte es noch persönlicher sein? „Sie möchten, dass ich die

Menschen verlasse, die ich liebe, Mr. Vanderhaven. Und sie lieben mich. Das ist verdammt persönlich."

„Achten Sie bitte auf Ihre Ausdrucksweise", sagte er. „Ich hasse es, schmutzige Worte aus dem Mund einer Frau zu hören."

„Dann sollten Sie vielleicht auflegen." Ich hatte eine Menge schmutzige Worte parat und jedes zielte auf ihn ab.

„Vielleicht sollten Sie mich ausreden lassen", sagte er. „Ich werde Ihnen eine Million Dollar geben. Ich werde Ihrer Mutter eine Million Dollar geben und Ihrem Vater ebenfalls. Sie müssen nur aus Seattle wegziehen. Lassen Sie Alexander nicht wissen, wo Sie hingehen. Lassen Sie ihn und unsere Enkelin in Ruhe, Kyla. Sie schaden den beiden nur, wenn Sie hierbleiben. Zumindest bekommen Sie auf diese Weise eine größere Summe für sich und Ihre Eltern. Wenn Sie heute Nacht abreisen, sind Ihre Bankkonten morgen Mittag gefüllt. Ich weiß nicht, wie lange ich dieses Angebot aufrechterhalten kann. Wir werden alles tun, was nötig ist, Kyla. Es ist der einzige Weg, um unbeschadet aus dieser Situation herauszukommen."

Unbeschadet?

Wem zum Teufel macht er etwas vor? Die Menschen, die ich liebe, zu verlassen, würde mich umbringen.

21

ALEX

Nachdem ich eine SMS von Ky erhalten hatte, ging ich in die Cafeteria, wo sie mit dem Abendessen wartete. Als ich den langen Flur entlangging, lächelte ich und war froh, dass ich meine Mädchen sehen durfte.

Ich konnte mich nicht erinnern, dass ich mich jemals zuvor über so einfache Dinge so gefreut hatte. Das Leben fühlte sich anders an und ich würde keine Sekunde mit Ky und Tabby als selbstverständlich betrachten.

Sobald ich durch die Tür zur Cafeteria ging, entdeckte ich Ky, die allein an einem Tisch saß. „Ist Tabby nicht aufgewacht?", fragte ich und lenkte ihre Aufmerksamkeit auf mich.

„Hm?" Sie sah mich mit erschrockenen Augen an. „Oh, Tabby? Ja, sie schläft immer noch. Chloe hat das Babyfon und sieht nach ihr, wenn sie aufwacht. Sie wird mir dann eine SMS schicken."

Ich beugte mich vor und küsste sie auf die Wange. „Ich bin froh, dass du gekommen bist." Ich nahm ihr gegenüber Platz und sah mir das Essen an. „Also gibt es Hühnchen zum Abendessen?"

„Wildhühner mit einer Füllung aus Kürbis und Kumquat." Sie zog eine Flasche Weißwein hervor. „Und das hier."

„Das kann ich nicht trinken. Ich muss operieren, erinnerst du dich?"

Sie stellte die ungeöffnete Flasche zurück in den Korb. „Oh ja. Nun, ich habe auch Wasser." Sie stellte zwei Flaschen auf den Tisch.

Ky war anders als sonst. Jeder, der sie kannte, konnte das sehen. „Okay, etwas ist los. Sag es mir, Ky."

Ihre haselnussbraunen Augen, die jetzt eher braun als grün waren, schauten in meine. „Ich weiß nicht, wie ich es dir sagen soll."

Was konnte so schlimm sein, dass es sie sprachlos machte? Wir hatten bemerkenswerte Kommunikationsfähigkeiten. Zumindest hatte ich das gedacht. „Baby, du kannst mir alles erzählen." Ich dachte nach. „Außer, dass es mit uns vorbei ist. Davon will ich nichts hören." Ich lächelte, als ich nach ihrer Hand griff und sie hochzog, um die Handfläche zu küssen.

Mit einem Seufzer sagte sie leise: „Dein ehemaliger Schwiegervater hat mich zuhause angerufen."

Sofort wurde ich unruhig. „Warum?"

„Er hatte ein Angebot." Sie sah weg und presste die Lippen zusammen. „Nicht, dass ich zugestimmt hätte, aber er hat mir ein Angebot gemacht, das die meisten Leute nicht ablehnen würden." Ihre Augen wanderten wieder zu meinen. „Tatsache ist, dass er nicht weiß, wie sehr ich dich und Tabby liebe. Er glaubt, er kann mich mit Geld kaufen und von den beiden Menschen weglocken, die ich am meisten liebe."

Plötzlich bemerkte ich, dass ich ihre Hand viel zu fest umklammerte. Ich ließ sie los und fuhr mir mit den Händen durch die Haare. „Tut mir leid, Schatz. Aber das macht mich verdammt wütend. Was hat Claus dir angeboten?"

„Jeweils eine Million Dollar für meine Mutter, meinen Vater und mich." Ky sah mich mit ausdruckslosem Gesicht an. „Er wusste, wie viel Geld auf unseren Konten ist. Er wusste, dass mein Vater Schulden hat. Er wusste Dinge, die er nicht hätte wissen sollen."

„Der Kerl hat seine Methoden." Ich fuchtelte mit den Händen und wollte irgendetwas schlagen. „Es ist illegal, aber er hat Leute, die solche Dinge für ihn erledigen. Hat er noch etwas gesagt?"

Sie nickte. „Er wollte, dass wir das Geld nehmen und die Stadt für immer verlassen." Ihre Hand wanderte über den Tisch und strich über meine Fingerknöchel, die jetzt vor Anspannung ganz weiß waren. „Eigentlich wollte er, dass ich gehe, ohne dir etwas zu sagen. Aber wie könnte ich das jemandem antun, den ich liebe?"

„Das könntest du nicht." Ich lockerte meine Faust und nahm wieder ihre Hand. „Mach dir keine Sorgen um das Geld. Ich würde deine Eltern niemals finanziell untergehen lassen."

Ky nickte und lächelte. „Das weiß ich, Alex. Es ist nur so, dass ich nicht die Person sein möchte, die einen Krieg zwischen dir und Tabbys Großeltern auslöst."

Oh, verdammt nein!

„Hör zu. Bleib bei uns." Ich würde nicht zulassen, dass die Vanderhavens die Frau, die ich liebte, aus meinem Leben vertrieben. „Ich werde das regeln. Keine Angst. Wenn ich mit den beiden fertig bin, werden sie mit diesem Mist aufhören oder sie sind diejenigen, die aus Tabbys Leben verbannt werden."

Sie schüttelte den Kopf. „Bitte tu das nicht, Alex. Ich möchte nicht, dass Tabby meinetwegen ihre Großeltern verliert. Sie sind alles, was sie von ihrer Mutter noch hat."

„Dann müssen sie ihre Enkelin genauso sehr lieben wie du, Ky." Ihre Selbstlosigkeit war unvergleichlich. „Ich werde mich darum kümmern. Versprochen. Ich werde mein Bestes geben, um sie in Tabbys Leben zu halten. Aber ich werde nicht zulassen, dass sie dich bestechen oder bedrohen."

Sie sah erleichtert aus und grinste. „Du bist ein Held, Alex."

„Nein, ich bin nur ein Mann, der seine Mädchen liebt." Ich küsste erneut ihre Hand. „Ich liebe dich mehr, als du dir vorstellen kannst, Ky. Ich gebe dich niemals auf. Es ist mir egal, wem unsere Beziehung nicht passt." Ich wollte die Liebe, die ich endlich gefunden hatte, nie wieder loslassen.

Ky konnte nicht aufhören zu lächeln, als sie mir in die Augen sah. „Ich bin ziemlich glücklich. Es ist seltsam, weil ich nie gedacht hätte, dass Liebe so sein kann. Ich war für dich bestimmt, Alex. Ich wurde nur für dich geboren."

Mein Herz schlug schneller, als ich darüber nachdachte, was sie sagte. *Nur für mich geboren.*

„Ich habe keine Ahnung, ob das die Wahrheit ist, aber jetzt, da ich dich habe, wirst du immer mir gehören." Ich wollte dieses Mädchen nicht wieder gehen lassen – niemals.

Sie zeigte auf das Essen auf den Tellern vor uns und sagte: „Wir sollten das essen, bevor es kalt wird. Rudy hat sich so viel Mühe gegeben."

Nickend ließ ich ihre Hand los und fing an zu essen. Absichtlich verdrängte ich Claus' Angebot. Es machte mich wütend, darüber nachzudenken.

Wir hatten gerade aufgehört zu essen, als ihr Handy klingelte und sie eine SMS bekam. „Tabby ist wach. Ich mache mich besser auf den Weg." Sie packte das Geschirr wieder in den Korb.

Ich küsste sie zum Abschied und hielt sie einen Moment lang in meinen Armen. „Ich liebe dich, Kyla. Das tue ich wirklich. Lass nichts, was irgendjemand sagt, jemals zwischen uns kommen."

Sie fuhr mit den Fingerspitzen über meine Wange. „Das verspreche ich dir. Ich liebe dich auch, Alex."

Noch ein letzter Kuss, dann musste ich sie gehen lassen. Als ich ihr nachsah, seufzte ich und spürte, wie mein Herz bei dem Gedanken an Claus raste.

Ich ging spazieren, holte mein Handy heraus und rief den Mann an, der nicht nur mein Glück, sondern auch das von Tabby bedrohte. Als das Telefon dreimal klingelte, wusste ich, dass er zögerte zu antworten, aber schließlich tat er es. „Alexander."

„Claus, ich habe gehört, dass du Ky heute angerufen hast. Das war ein monumentaler Fehler."

„Sie hat es dir erzählt?" Seine Stimme klang missbilligend. „Verdammt."

„Hör zu, ihr macht das in der Annahme, dass es in Tabbys Interesse ist." Sie wollten ihre Enkelin nicht verletzen. „Aber ihr scheint nicht zu verstehen, wie sehr Tabby Ky liebt. Und Ky liebt sie. Es tut euch vielleicht weh, das zu hören, aber ihr müsst es verstehen. Rachelle konnte nicht die Mutter sein, die Tabby brauchte. Sie war zu krank dafür. Jetzt, da Ky gekommen ist und die Lücke gefüllt hat, möchte ich nicht, dass Tabby das verliert, was sie in Ky gefunden hat.“

Seine Stimme war sehr besorgt, als er sagte: „Alexander, unsere Tochter konnte ihre Rolle als Mutter und Ehefrau in den letzten Jahren nicht erfüllen. Wir wissen, dass Tabitha ihr Kindermädchen sehr schätzt. Trotzdem ist Kyla nicht die richtige Person, um die Mutterrolle für sie zu übernehmen. Was du auch für das Mädchen empfindest – du liegst falsch damit. Sie ist zu jung.“ Er zögerte. „Kyla war ein unschuldiges Mädchen, bis sie zu dir kam, um für dich zu arbeiten. Ich habe ihre Vergangen überprüfen lassen und jemanden geschickt, der mit ihren ehemaligen Mitbewohnerinnen sprach. Das Mädchen war Jungfrau, als du es getroffen hast.“

Zorn erfüllte mich. „Du hast jemanden geschickt, um Kys Geheimnisse von ihren Freundinnen zu erfahren?“ Das ging viel zu weit. „Es reicht, Claus. Du kannst so etwas nicht noch einmal machen. Verstehst du mich? Ich erstatte sonst Anzeige bei der Polizei wegen Verstoß gegen die Datenschutzgesetze.“

„Du wirst nicht gewinnen“, informierte er mich. „Meine Leute sind diskret. Ihre Mitbewohnerinnen werden nicht einmal verstehen, wovon du sprichst. Die Nachforschungen wurden verdeckt durch-geführt.“

Ich hatte genug von dem Mann, „Claus, ich kann das nicht mehr ertragen. Und ich muss es auch nicht.“

„Doch, wegen Tabitha“, ließ er mich wissen. „Auch Großeltern haben Rechte. Wir lassen uns nicht vom Leben unserer Enkelin ausschließen. Niemals. Du kannst nichts dagegen tun.“

„Und ihr könnt nichts dagegen tun, dass ich mein Leben so führe, wie ich will, und Ky bei mir behalte.“ Es gab so viele Dinge, die zwischen meinen ehemaligen Schwiegereltern und mir geklärt werden mussten. „Claus, das Letzte, was ich tun möchte, ist, mit euch zu streiten. Lasst Ky in Ruhe und alles ist gut.“

Jetzt fuhr er schwere Geschütze auf., „Alexander, du denkst mit deinem Schwanz statt mit deinem brillanten Gehirn. Ich hasse es, das zu sehen. Und ich glaube nicht, dass das Mädchen dir das angetan hat. Es war deine Einsamkeit. Eines Tages wirst du aufwachen und dich fragen, was zum Teufel du da machst. Sie ist nicht nur jung, sondern auch ein Niemand."

Ich hatte es immer gehasst, dass Rachelles Eltern dachten, jeder, der keine großen Geldsummen angehäuft hatte, wäre bedeutungslos. „Muss ich dich daran erinnern, dass ihr euer Geld nicht selbst verdient habt, Claus? Ihr wurdet in Reichtum *hineingeboren*. Ihr seid nicht besser als alle anderen Menschen. Ky ist kein Niemand. Kein Mensch ist das."

„Du irrst dich, Alexander. Eines Tages wirst du es sehen." Er wollte offenbar nicht aufgeben.

„Ich hoffe, eines Tages werdet du und Rebecca sehen, dass Ky nicht nur jemand ist, der kurzfristig in unserem Leben ist. Sie wird bleiben, Claus. Gewöhnt euch daran oder verschwindet aus unserem Leben." Ky wollte nicht, dass ich Tabby ihre Großeltern wegnahm, aber ich hatte vielleicht keine andere Wahl.

Ohne sie wären wir besser dran, wenn sie Ky nicht als Teil der Familie akzeptieren konnten.

22

KY

Mehrere Wochen vergingen und es wurde still um Tabbys Großeltern. Alex dachte, sie wären verreist und hätten alles hinter sich gelassen, wenn auch nur für den Moment. Es war mir egal, solange uns niemand in die Quere kam.

Alex und ich gingen durch den Park und bemerkten, wie Tabbys Augen aufleuchteten, als sie den Spielplatz sah. „Juhu!" Sie rannte wie der Blitz zu den Schaukeln, auf denen andere Kinder spielten.

Alex ließ meine Hand los, sprintete ihr nach und hob sie hoch, bevor sie gegen eine der Schaukeln stieß. „Hey. Du musst auf die Schaukeln aufpassen. Diese Dinger können dich treffen und umwerfen, Baby." Er küsste sie auf die Stirn. „Außerdem gibt es einen Baum, unter dem ich dich etwas fragen will."

Als ich ihn einholte, rätselte ich, was für eine Frage er seiner Tochter stellen wollte und warum es unter einem bestimmten Baum sein musste. Aber ich wollte mich nicht in seine Pläne einmischen. „Das Wetter ist heute herrlich", sagte ich stattdessen.

Er hielt Tabby immer noch fest, als wir den Weg entlanggingen, und sah zu dem blauen, wolkenlosen Himmel auf. „Es ist ein perfekter Tag. Wir haben nicht viele davon in Seattle." Dann wanderten seine Augen zu meinen. „Dieser Tag fühlt sich besonders an. Findest du nicht?"

Es fühlte sich großartig an, draußen zu sein, also nickte ich. „Ja. Es ist ein besonderer Tag."

„Einer der Tage, an die du dich noch lange erinnern wirst", fuhr er fort. „Vielleicht sogar für immer."

„Nun, es ist ein schöner Tag. Die Temperatur ist perfekt. Der Himmel wirkt blauer als sonst." Ich nahm mir die Zeit, meine Umgebung wirklich wahrzunehmen, und bemerkte das Zwitschern der Vögel, die summenden Insekten und das Lachen der Kinder auf dem Spielplatz. „Es klingt auch schön."

„Jedes Lebewesen scheint draußen zu sein und Spaß am Leben zu haben", fügte Alex hinzu. „Die Atmosphäre ist fast elektrisierend, aber zugleich ruhig. Ich habe schon lange keinen so perfekten Tag mehr erlebt."

Ich musste über Alex' Begeisterung lachen. „Du bist heute anscheinend in Hochstimmung, Schatz."

Er legte seinen Arm um mich und blieb unter einer großen Eiche stehen, die Hunderte von Jahren alt sein musste. „Ich bin wirklich in Hochstimmung, Baby." Seine eisblauen Augen leuchteten hell im schwachen Sonnenlicht. „Ich habe mich noch nie so lebendig und optimistisch gefühlt."

„Optimistisch?", fragte ich. „In Bezug auf was?"

Er zuckte mit den Schultern. „In Bezug auf alles. Das Leben im Allgemeinen." Er küsste Tabby auf die Wange und setzte sie dann ab. Als er vor ihr auf ein Knie fiel und ihre kleinen Hände in seine nahm, schaute ich neugierig zu. „Tabby, gefällt es dir, wie sich unser Leben verändert hat, seit Ky zu uns gekommen ist?"

Ich hielt den Atem an und fragte mich, was wohl passieren würde, wenn sie Nein sagte.

Tabby lächelte, als sie zu mir aufsah. Dann schaute sie zurück zu ihrem Vater. „Daddy, ich mag Ky. Sie ist nett und lustig. Ich liebe sie."

Ein Lächeln breitete sich auf seinem schönen Gesicht aus und seine Augen leuchteten. „Ich liebe sie auch, Tabby."

Meine Beine zitterten, als er Tabby anstelle von mir ansah. Mein

Herz begann zu rasen und pochte so laut, dass ich es hören konnte. Trotzdem waren meine Lippen fest zusammengepresst.

„Daddy, wirst du weinen?", fragte Tabby, als sie in seine Augen starrte.

Er nahm die Frage nicht zur Kenntnis. Stattdessen stellte er selbst eine: „Tabby, würde es dir gefallen, wenn du Ky Mom nennen könntest?"

Einen Moment lang sah sie ihn nur an, dann lächelte sie und nickte. „Ich will sie Mom nennen."

Ich presste meine Hand auf meine Brust.

Wird Alex mich bitten, ihn zu heiraten?

Ich stolperte zurück und blieb stehen, als mein Rücken gegen den Baum stieß. Alex strich über Tabbys Kopf, ließ sie los und flüsterte: „Wünsche mir Glück, Tabby."

Sie klatschte in die Hände. „Viel Glück, Daddy!"

Ich konnte nicht atmen, denken oder begreifen, was vor sich ging. Als Alex vor mir auf ein Knie sank und eine schwarze Schatulle hervorholte, wurde ich beinahe ohnmächtig. „Kyla Gertrude Rush, ich liebe dich, seit ich dich kennengelernt habe. Du hast mein Herz gestohlen. Ich kann mir nicht vorstellen, auch nur einen Tag ohne dich zu verbringen. Meine Tochter liebt dich und ich liebe dich auch. Warum machen wir es nicht offiziell und dauerhaft? Wirst du mir die Ehre erweisen, meine Frau zu werden?"

Die Erde bewegte sich unter meinen Füßen und ich sank vor Alex auf die Knie, während meine Hände sich auf meinen Mund pressten und Tränen meine Sicht trübten. Tabbys süße, kleine Stimme riss mich aus meiner Benommenheit, „Sag ja! Sag ja!"

Ich schnappte nach Luft und die Antwort flog aus meinem Mund. „Ja! Ja, Alex!"

Er zog den Ring aus der Schatulle und ließ ihn auf meinen zitternden Finger gleiten. „Du machst mich zum glücklichsten Mann der Welt."

Ich konnte mich nicht länger beherrschen. Das Gewicht des Rings an meinem Finger sagte mir, dass es offiziell war. „Oh mein Gott!" Ich warf meine Arme um ihn und hielt ihn fest. Dann spürte ich, wie winzige Arme mich von hinten umklammerten, und ließ Alex los, damit ich Tabby in meine Arme schließen konnte.

Sie vergrub ihr Gesicht in meiner Brust. „Du bist meine Mommy!"

Ich blinzelte und versuchte, die Tränen zu stoppen, damit ich Alex' Gesicht sehen konnte. Ich sah Tränen über seine Wangen rinnen, als er seine Tochter und mich ansah. „Das ist so viel mehr, als ich jemals erwartet hätte." Er wischte sich mit dem Handrücken über die Augen. „Verdammt, ich hätte das zu Hause tun sollen."

Ich zog ihn zu uns. „Komm her, Daddy. Lass dich von uns umarmen."

Es war das Beste, was mir je passiert war. Alex zu heiraten war nicht einmal auf meinem Radar gewesen.

Ich hörte, wie sich eine Frau räusperte. „Ich hasse es, Sie zu unterbrechen."

Alex und ich tauschten verwirrte Blicke aus, als wir uns losließen, um zu sehen, wer das gesagt hatte. Alex fragte: „Und Sie sind …?"

Sie winkte uns mit ihrem Handy zu. „Ich habe einen Spaziergang gemacht, als ich Sie gesehen habe. Ich bin stehengeblieben und habe diesen Moment für Sie auf Video festgehalten. Wie schön!"

Ich stand auf und dankte ihr. „Oh, großartig! Jetzt können wir diesen Moment immer wieder erleben."

„Geben Sie mir Ihre Nummer. Ich schicke Ihnen das Video." Sie lächelte. „Es war anmaßend von mir, den Antrag aufzunehmen. Irgendetwas hat mir gesagt, dass ich es tun sollte."

Alex nickte. „Ich bin froh, dass Sie es getan haben. Es ist das beste Geschenk, das uns jemals jemand gemacht hat."

Ein paar Minuten später sahen wir uns das Video an. „Ah. Wir sind alle so verliebt", kicherte Tabby.

Sie hatte recht. Wir waren alle verliebt. Blutsverwandt oder nicht, ich liebte dieses kleine Mädchen. „Ich liebe dich mit ganzem Herzen, Tabby. Das werde ich immer tun. Und ich kann es kaum erwarten, dass du mich Mom nennst."

„Nach der Hochzeit", sagte Alex. „Dann sind wir alle Arlens."

Er schlang seinen Arm um mich, nahm Tabby bei der Hand und

wir gingen zurück zum Auto auf den Parkplatz. „Was für ein Tag." Ich schaute auf meinen Ring und sah, wie die Sonne den großen Diamanten, der von mehreren kleineren Diamanten umgeben war, glitzern ließ. „Dieser Ring ist so schön. Ich bin sprachlos." Ich hatte nie erwartet, etwas so Großes und Atemberaubendes an meinem Finger zu tragen. Aber da war es und funkelte mich an. Ich hatte mich noch nie so gefühlt wie in diesem Moment, als ich auf die Edelsteine an meinem Finger blickte.

Alex küsste meinen Kopf. „Was sagst du zu einem guten Abendessen? Ich habe etwas für uns reserviert. Ich hatte irgendwie die Vorahnung, dass du meinen Antrag annehmen würdest. Ich wollte den Tag mit einem besonderen Festmahl beenden."

„Du hast wirklich an alles gedacht." Ich küsste seine Wange. „Ein herrlicher Tag im Park. Die beste Frage, die mir jemals gestellt wurde. Und jetzt ein besonderes Abendessen. Wie kann es noch besser werden?"

Die Art, wie seine Augen meine festhielten ... Es würde Tage geben, die genauso großartig waren wie dieser. Solange wir uns hatten, würde es noch viele Tage wie diesen geben. Ich wusste es und Alex wusste es auch.

Als wir später im Restaurant saßen und zu Abend aßen, hatte Alex einen vernünftigen Vorschlag: „Ky, warum stellst du mich jetzt, da wir verlobt sind, nicht deinen Eltern vor?"

Es schien, als wäre mir die Zeit davongelaufen. „Oh, Alex! Tut mir leid, dass ich sie noch nicht eingeladen habe. Sie haben Tabby bereits kennengelernt. Lass uns dieses Wochenende etwas zusammen machen. Und was ist mit deiner Familie? Lade sie auch ein!" Ich wurde aufgeregt. „Das wird großartig! Meine Eltern werden dich als meinen Verlobten kennenlernen!"

Ich habe einen Verlobten!

Es schien eine Ewigkeit her zu sein, dass ich Alex und Tabby das erste Mal getroffen hatte – als ob sie immer da gewesen wären. Hatte ich darauf gewartet, dass er kam, bevor ich anfing zu leben? Hatten er und Tabby auf mich gewartet?

Ich griff über den Tisch und nahm Alex' Hand. „Das ist das Richtige. Ich kann es fühlen. Es sollte *immer* so kommen."

Er nickte. „Das sollte es wirklich. In meinen schlimmsten Momenten dachte ich, ich würde nie wieder glücklich sein. Ich dachte, Tabby und ich wären für den Rest unseres Lebens allein. Zum Glück habe ich mich geirrt."

„Ich auch", sagte Tabby und verschlang ihre Spaghetti. „Ich liebe uns zusammen."

Ich liebte uns auch. Als ich das Glück in Alex' Augen sah, war es offensichtlich, dass er es auch tat. „Wir werden eine großartige Familie sein, Ky. Du wirst die Matriarchin einer sehr glücklichen Familie werden."

Ich, eine Matriarchin?

Mit nur zweiundzwanzig Jahren stand ich kurz davor, die Mutter einer Dreijährigen und die Ehefrau eines Fünfunddreißigjährigen zu werden, und ich hatte keine Ahnung, was noch auf mich zukommen würde.

Trotzdem hatte ich mich noch nie in meinem Leben so bereit für irgendetwas gefühlt.

23

ALEX

Seit Ky meinen Antrag angenommen hatte, fühlte ich mich noch mehr mit ihr verbunden. Nach unserer Heirat würde dieses Gefühl sicher weiterwachsen. „Hey, Verlobte", sagte ich und setzte mich neben sie auf das Bett.

Sie öffnete die Arme und klimperte mit den Wimpern. „Hey, Verlobter."

Unsere Lippen trafen sich und unsere Körper schmiegten sich aneinander, als wir in den Zustand übergingen, in dem wir immer waren, wenn wir allein waren: nackt und schamlos. Das Leben mit Ky würde fantastisch sein.

Ich unterbrach den Kuss und sagte: „Ky, ich möchte nicht lange darauf warten, dich zu heiraten. Lass uns morgen das Aufgebot bestellen und die Hochzeit sofort planen. Unsere Eltern können uns dieses Wochenende helfen. Hoffentlich können wir bis Ende nächsten Monats etwas organisieren."

Das Lächeln, das ihre Lippen umspielte, sagte mir, dass sie diese Idee mochte. „Carla wird meine Trauzeugin sein. Und meine ehemaligen Mitbewohnerinnen können die Brautjungfern sein. Das heißt, wir brauchen Zeit, um die Kleider fertigzustellen."

„Beginne damit, sobald du kannst." Ich küsste sie erneut. „Und wir müssen noch mit etwas anderem beginnen."

Sie sah mir in die Augen und fragte: „Und womit?"

„Familienplanung. Wirf die Pille weg." Ich küsste ihre weichen Lippen. „Ky, ich möchte ein Baby mit dir haben."

Ihr Körper zitterte, als sie stöhnte: „Ja." Ihre Lippen drückten sich an meinen Hals. „Ich würde gern dein Baby bekommen, Alex."

Ich glitt mit meinem Körper über ihren und sah auf sie hinunter. „Ich denke, dann sollten wir anfangen zu üben."

Sie öffnete ihre Beine und ich schlüpfte direkt in ihr warmes Zentrum. „Einverstanden. Übung macht den Meister, nicht wahr?"

„Genau." Es fühlte sich so richtig an, in ihr zu sein, und ich wusste, dass es der richtige Zeitpunkt für uns war, um ein Baby zu zeugen.

Ky hatte sich bereits als wundervolle Mutter erwiesen. Ich hatte keine Zweifel, dass sie mich mit unserem eigenen Baby noch stolzer machen würde. Sie und ich würden eine Familie gründen, auf die wir stolz sein konnten. Wir würden alles zusammen machen – was für eine Veränderung das für mich wäre. Ich hatte immer alles allein gemacht.

Ky stöhnte, als ich mich in ihr bewegte. „Alex, das fühlt sich irreal an. Das muss ein Traum sein. Wenn ich aufwache, werde ich mich wieder allein und elend fühlen, anstatt glücklich und erfüllt."

„Shhh", flüsterte ich und küsste ihre süßen Lippen. „Das ist kein Traum und nichts wird dich aufwecken." Man könnte meinen, ich würde so denken. Aber ich vertraute darauf, dass wir viel mehr Zeit haben würden als ich damals mit Rachelle.

Gott kann mir in weniger als einem Jahrzehnt unmöglich zwei geliebte Menschen wegnehmen.

Während sich ihre Hände über meinen Rücken bewegten, strich Kys Fuß über mein Bein. Ich schaute auf ihr hübsches Gesicht und ließ zu, dass sich jedes Detail in meiner Erinnerung festsetzte. Sie lächelte, als ich tiefer in sie eindrang. „Oh ja. Wie schaffst du das, Alex?"

„Das ist ein Geschäftsgeheimnis." Ich küsste sie erneut, weil ich sie kosten wollte.

Während wir uns liebten, fragte ich mich, wie unser Baby wohl aussehen würde. Tabby sah aus wie ihre Mutter. Würden unsere zukünftigen Kinder so aussehen wie Ky?

Ich wollte in unseren zukünftigen Kindern auch etwas von mir sehen. Nicht, dass mir Tabby nicht gefallen hätte. Ich wusste, dass sie wie ihre Mutter aussehen sollte. Auf diese Weise war immer jemand hier, der mir half, mich an Rachelle zu erinnern.

Liebe war etwas, das ich nie ganz verstanden hatte – und jetzt war es nicht anders. Es gab die Liebe zwischen einem Kind und seinen Eltern. Die Liebe zwischen Geschwistern und die Liebe zwischen einem Mann und einer Frau.

Aber wie unterschiedlich konnte die Liebe zwischen einem Mann und einer Frau je nach Partnerin sein! Die Art, wie ich Ky und Rachelle liebte, war völlig verschieden.

Rachelle war raffiniert, elegant und selbstbewusst gewesen. Außerdem konnte sie eine ziemliche Schlampe sein, wenn sie ihren Willen nicht bekam. Ich hatte das immer ihrer privilegierten Herkunft zugeschrieben.

Ky war bodenständig, süß und überhaupt nicht selbstsicher. Ich liebte all das an ihr. In gewisser Weise liebte ich sie mehr als Rachelle. War es, weil Ky Tabby liebte, obwohl sie es nicht musste? Aber ich liebte Ky mehr und das war eine Tatsache.

Unsere Körper passten perfekt zusammen. Ihre Brüste drückten sich an mich und ihre Hüften pressten sich gegen meine. Und die Art und Weise, wie ihre Lippen meine umschlossen, schien genau richtig zu sein. Alles an ihrem Körper passte zu mir, aber es gab noch mehr, was ich an Ky liebte.

Ihre Persönlichkeit war atemberaubend. Ihr Mangel an Stil brachte mich zum Lächeln. Ich liebte es, Kleidung für sie auszusuchen und sie im Salon verschönern zu lassen. Ich genoss es sehr, Dinge für Ky zu tun.

Besonders Dinge, die sie wild keuchen und schreien ließen. Ich drang tief und fest in sie und spürte, wie ihr Herz gegen meine Brust schlug. Scharfe, frisch maniküre Nägel gruben sich in meinen Rücken.

Als ich etwas zurückwich, um sie anzuschauen, sah ich, wie sie anfing zu leuchten, als ihr Körper in Ekstase geriet. „Alex!" Sie riss die Augen auf, als sich ihr Zentrum um meinen Schwanz zusammenzog. „Oh Gott!"

Ich bewegte mich schneller und fickte sie härter, während sich ihr Körper an meinen klammerte. Als würde sie alles von mir nehmen, was sie konnte, hielt Ky sich fest, bis ich ihr gab, was sie brauchte. „Scheiße!" Mein Schwanz zuckte, als ich, so tief ich konnte, in sie eindrang.

Sicher, sie hatte die Pille noch nicht abgesetzt, aber wir übten und ich wollte perfekt sein, wenn es soweit war. Nachdem Ky aufgehört hatte, die Pille zu nehmen, was am nächsten Tag geschehen würde, würde es ungefähr einen Monat dauern, bis die Wirkung vollständig nachließ – einen Monat, in dem wir fleißig üben würden, wie man ein Baby machte.

Als ich wieder zu Atem kam, schaute ich auf sie hinunter. Schweißperlen standen auf ihrer Stirn. „Wie wäre es so? Denkst du, dass es so funktioniert?"

Sie fuhr mit den Händen über meine Wangen und nickte. „Oh ja, das wird in Ordnung sein. Aber lass es uns nicht nur auf eine Weise tun, Schatz. Es gibt noch viele weitere Möglichkeiten, ein Baby zu machen. Kein Grund, uns einzuschränken."

Ky war noch etwas, das Rachelle nicht gewesen war. *Sexuell experimentierfreudig.*

„Ich liebe dich, Ky Rush. Bald wirst du Ky Arlen sein. Meine Frau." Ich konnte nicht aufhören, sie anzusehen, als Tränen in ihren hübschen haselnussbraunen Augen auftauchten, die plötzlich sehr grün wurden. „Ich werde jeden Tag mit dir lieben. Ich werde keinen Tag für selbstverständlich halten."

„Wie bin ich so glücklich geworden, Alex?" Sie schniefte. „Wie kann ich, Ky Rush, das Glück haben, dass du mich liebst?"

„Ich bin der Glückliche", flüsterte ich und küsste sie dann sanft. „Es sind Tabby und ich, die Glück hatten, als du in unser Leben kamst. Es war kein elendes Leben, aber leer. In dem Moment, als du zu uns nach Hause kamst, hast du etwas mitgebracht. Und es wurde immer mehr, bis alles mit Liebe erfüllt war."

Sie schluchzte und schlug sich die Hände vors Gesicht. „Hör auf! Du bringst mich noch um, Alex. Ich bin so vielen Gefühlen nicht gewachsen."

„Ach ja?" Ich grinste, als ich ihr ganzes Gesicht küsste. „Solche Dinge wirst du noch oft hören, denn bei unserer Hochzeit wird es jede Menge davon geben."

Sie wimmerte, als ich sie immer wieder zärtlich küsste. „Nein, das kannst du mir nicht antun. Du bringst mich den ganzen Tag zum Weinen, wenn du so weitermachst."

„Dann gewöhne dich besser daran, Ky." Ich rollte mich von ihr herunter und hielt sie fest, damit wir uns nicht trennten. Dann setzte ich sie auf mich und ich nahm ihre Brüste in meine Hände. „Ich frage mich, wie groß sie werden. Und wie weich." Rachelle hatte es nicht gemocht, wenn ich an ihren Brüsten herumspielte, und ich hatte mich während der Schwangerschaft nach ihnen gesehnt. Ich konnte es kaum erwarten, dass Kys Brüste größer wurden.

„Sag mir nicht, dass du einer dieser Kerle bist", sagte Ky und verdrehte die Augen. „Einer von denen, die die Milch trinken wollen."

„Wenn du mich lässt." Ich zog sie herunter und nahm eine ihrer Brustwarzen zwischen meine Lippen, um sanft daran zu saugen. Dann ließ ich sie los. „Ich kann dafür sorgen, dass du dich an das Stillen gewöhnst. Auf diese Weise werden deine Brustwarzen nicht so wehtun, wenn das Baby kommt. Ich denke dabei nur an dein Wohlergehen, Liebes."

„Natürlich." Sie lachte. „Mach nur weiter. Das gefällt mir. Ich spüre es tief in meinem Bauch."

Gehorsam nahm ich die andere Brustwarze zwischen meine Lippen und leckte sie. Ich liebte es, wie sie stöhnte und ihre Nägel über meinen Oberkörper zog. Es schien nichts zu geben, was Ky nicht mochte. Und jetzt würde ich ein ganzes Leben mit ihr verbringen.

Ein Leben mit der Frau, die mich mit den einfachsten Gesten zum Lächeln brachte. Ein Leben mit der Frau, die mein Kind liebte. Ein Leben mit der Frau, mit der ich mich so tief verbunden fühlte, dass ich es in meiner Seele spüren konnte.

Als ich Rachelle kennengelernt hatte, hatte ich gewusst, dass ich mich auf den ersten Blick verliebt hatte. Aber selbst bei dieser Art von Liebe hatte ich nie das Gefühl, seelenverwandt zu sein. Ky und ich teilten dieses Gefühl. Es war nicht immer da gewesen. Wir hatten es irgendwann füreinander entwickelt. Ich konnte nicht einmal genau sagen, wann das passiert war.

„Ich komme gleich, Alex", keuchte Ky, als ich ihre köstliche Brust liebkoste.

Ich wollte nicht aufhören. Ich wollte, dass sie auf meinem Schwanz kam, weil ich wusste, dass die Kontraktionen ihn wieder zum Leben erwecken würden, sodass wir es noch einmal tun konnten, bevor wir erschöpft und eng umschlungen einschliefen.

Ihr Stöhnen war Musik in meinen Ohren, als sich ihr Körper um meinen herum anspannte. Ich ließ ihre Brüste los und bewegte Ky auf und ab, damit sie meinen jetzt erigierten Schwanz mit ihrem pulsierenden Zentrum streicheln konnte. Ich sah ihr in die Augen und dankte Gott schweigend dafür, dass er sie an jenem schicksalhaften Tag zu mir geschickt hatte. „Du bist mein Engel, Kyla Rush. Mein vom Himmel gesandter Engel. Und ich werde dich immer so behandeln."

Sie sah mich mit Tränen in den Augen an. „Ich hoffe, dass es anhält, Alex. Ich hoffe, dass dieses Gefühl purer Glückseligkeit sehr lange anhält."

Ich auch.

24

KY

„Warum bin ich so nervös, Alex?", jammerte ich, als wir darauf warteten, dass unsere Eltern für das Wochenende eintrafen.

„Ich weiß nicht, Baby." Er legte seinen Arm über die Rückenlehne des Sofas, auf dem wir nebeneinander saßen und ließ seine Hand auf meine Schulter fallen. „Meine Eltern sind nicht wie Tabbys andere Großeltern. Sie sind völlig anders. Und mein jüngerer Bruder ist ein cooler Typ. Er wird mein Trauzeuge sein. Ich wette, er wird davon begeistert sein."

„War er bei deiner ersten Hochzeit nicht dein Trauzeuge?" Ich biss mir auf die Unterlippe, damit sie nicht zitterte. Ich machte mir große Sorgen wegen unserer Hochzeit. Ich befürchtete, sie würde Erinnerungen bei Alex auslösen – Erinnerungen, die möglicherweise unseren großen Tag trüben könnten.

Er schüttelte den Kopf und sah verärgert aus. „Nein. Ich habe den Trauzeugen für diese Hochzeit nicht ausgewählt. Claus hatte seinen Cousin dafür vorgesehen. Und noch mehr Vanderhavens bildeten den Rest unserer Hochzeitsgesellschaft. Ich hatte kein Mitspracherecht, da sie für die ganze Sache bezahlt haben. Meine Eltern und mein Bruder fühlten sich extrem fehl am Platz. Sie gingen fünf Minuten nach Beginn des Hochzeitsempfangs.“

„Sie werden sich auf unserer Hochzeit nicht fehl am Platz fühlen. Sie wird nicht so förmlich sein, dass die Liebe verloren geht. Verstehst du, was ich meine?“ Ich wollte nicht zum Bridezilla werden. Meine Familie, meine Freunde und auch Alex' Gäste sollten sich wohlfühlen.

„Das tue ich auf jeden Fall.“ Er musste grinsen. „Möchtest du das Hochzeitsalbum sehen? Es ist so – was wäre der beste Begriff dafür? Stoisch.“ Alex nickte. „Ja, das ist es. Stoisch. Auf den Bildern ist kein Lächeln zu sehen. Lächeln gilt als dumm, wenn ein Vanderhaven fotografiert wird.“

Wie schrecklich. „Ich hoffe, dass sie bei Tabby nicht so streng sind. Ich mag den Gedanken nicht, dass sie nicht lächeln darf, wann immer sie will.“

„Nein, das sind sie nicht.“ Er küsste mich auf die Wange. „Du machst dir viele Gedanken über Tabby, Ky. Das ist süß.“ Er fuhr mit einer Hand durch meine Haare und war tief in Gedanken versunken. „Es ist, als wärst du schon ihre Mutter.“ Seine blauen Augen trafen meine. „Würdest du Tabby adoptieren, nachdem wir geheiratet haben, und ihre richtige Mutter werden?“

Was sollte ich sagen? Es fühlte sich falsch an, Rachelle aus dieser Rolle zu verdrängen. „Wir werden sehen. Sie ist noch jung und könnte ihre Mutter mit der Zeit vergessen. Ich möchte ehrlich gesagt nicht, dass das passiert.“

„Sie zu adoptieren heißt nicht, dass wir aufhören, über Rachelle als ihre Mutter zu reden.“ Alex lächelte und küsste mich erneut auf die Wange. „Du bist die fürsorglichste und wunderbarste Frau, die ich je getroffen habe. Es ist mir eine Ehre, dich zu heiraten.“

„Die Ehre ist ganz meinerseits.“ Ich küsste ihn. „Warum sollte ich sie dann adoptieren?“

„Was, wenn mir etwas passiert?“, fragte er und sah in meine Augen, in denen Tränen glitzerten.

„Sag das nicht.“ Ich wischte sie schnell weg. „Ich hasse die Vorstellung, dass dir etwas passiert.“

„Ich weiß." Sein Arm legte sich um meine Schultern und er zog mich näher an sich heran. „Aber manchmal geschehen solche Dinge. Ich wüsste gern, dass Tabbys Großeltern sie nicht einfach mitnehmen könnten. Wenn du ihre Adoptivmutter wärst, könnten sie es nicht."

„Wenn du es so ausdrückst, hast du natürlich recht. Wenn du willst, machen wir das gleich, nachdem wir geheiratet haben." Ich wollte Tabby nie verlieren. Ich würde alles tun, um dies zu verhindern. „Wenn ich dich und dann auch noch sie verlieren würde, würde es mich umbringen." Ein Schauder durchlief mich. Dann klingelte es an der Tür. „Sie sind hier!"

Tabby ließ die Bauklötze fallen, mit denen sie gespielt hatte, um zu uns zu laufen. „Sind das Grandma und Grandpa oder Kys Mom und Dad?"

Alex stand auf und zog mich mit sich hoch. „Lass uns nachsehen." Er hob Tabby mit einem Arm hoch und legte seinen anderen um mich.

Als wir zum Foyer gingen, fühlte ich mich zittrig. „Ich hoffe, es sind meine Eltern."

Alex sah mich mit großen Augen an. „Wow, ich hätte nicht gedacht, dass du einen egoistischen Knochen in deinem Körper hast, Ky."

„Ich habe mehrere." Ich lächelte. „Es wäre schön, wenn meine Eltern allen erzählen würden, was für ein nettes Mädchen ich bin."

„Dafür hast du mich." Er bewegte seinen Arm von meinen Schultern, um ihn um meine Taille zu legen. „Ich werde dir immer beistehen, Mädchen."

Als wir im Foyer ankamen, hörte ich eine Stimme, die der von Alex ähnelte. „Es ist *deine* Familie." Ich biss mir auf die Unterlippe, um die Panik zu unterdrücken. Dann hörte ich die Stimme meiner Mutter und mein Herz schlug vor Glück schneller. „Mom und Dad sind auch hier!"

Jetzt fühlte ich mich besser – viel besser. Als wir in das Foyer kamen, fielen alle Blicke auf uns. Niemand wusste über unsere bevorstehende Hochzeit Bescheid. Niemand wusste, wer an diesem

Wochenende hier sein würden. Keiner von ihnen sagte ein Wort, als sie die Lobby betraten.

„Hey, Leute", begrüßte Alex sie. „Wie praktisch. Ihr seid alle gleichzeitig eingetroffen. Lasst mich euch vorstellen. Ky, das ist meine Mutter Naomi, Dads Name ist Bruce und das ist mein jüngerer Bruder Andrew. Ich bin der Einzige, der ihn Andy nennen darf."

Ich stellte meine Eltern vor: „Das ist meine Mutter Susan und das ist mein Vater David. Willkommen zu unserer Wochenend-Soiree."

Tabby klopfte ihrem Vater auf die Schulter. „Ich will meine Großeltern umarmen!"

„Sicher." Alex setzte sie ab und machte sich daran, meinem Vater die Hand zu schütteln. „Es ist mir eine Freude, dich endlich kennenzulernen, David."

Dad beäugte mich, als er Alex' Hand schüttelte. „Freut mich, dich kennenzulernen, Alex. Tabby hat uns erzählt, dass Ky als Kindermädchen für dich arbeitet. Du kannst dir also vorstellen, wie überrascht ich bin, dass du deinen Arm um ihre Taille gelegt hast, oder?"

Moms Blick hing an dem Ring an meiner linken Hand. Ihre Hände flogen zu ihrem Mund. Ich sah Alex an, weil ich nicht wusste, was ich als Nächstes tun sollte. Er informierte alle schnell: „Hört zu, Ky und ich sind jetzt schon eine Weile zusammen. Keiner von euch wusste es. Und es gibt noch mehr."

Tabby sprang auf und ab. „Kann ich es ihnen sagen? Bitte!"

Ich nickte und Alex stimmte mir zu: „Okay, Schatz, erzähle ihnen unsere großartigen Neuigkeiten."

Tabbys Gesicht glühte, als sie sagte: „Wir werden heiraten." Sie streckte die Arme aus, als ein riesiges Lächeln ihr Gesicht zum Strahle brachte. „Wir sind verliebt!" Bei jedem Sprung hüpfte ihr Kleid auf und ab.

Alex' Mutter kam auf uns zu und griff nach meiner Hand. „Darf ich den Ring sehen?"

Sie hielt meine Hand und bewunderte ihn. „Euer Sohn hat einen guten Geschmack."

„Das stimmt." Sie sah zurück zu ihrem Ehemann. „Dieser Stein lässt meinen Ring wie etwas aus einem Kaugummi-Automaten wirken, Bruce. Das musst du dir ansehen."

Alle bewunderten abwechselnd den Ring, aber es gab keine Glückwünsche. Was ich hörte, war, dass mein Vater sich räusperte. „Ky, wir möchten uns kurz mit dir unterhalten."

Als ich Alex ansah, sammelte ich Kraft von ihm, bevor ich meine Eltern in ein anderes Zimmer brachte. Als die Tür in der Bibliothek hinter uns geschlossen war, gestand ich: „Ich habe euch nichts von Alex und mir erzählt, weil ich nicht wusste, was ihr davon halten würdet."

Dads Arme verschränkten sich über seiner Brust. „Er ist ein bisschen älter als du, Ky."

Ich nickte. „Ja, das ist er. Dreizehn Jahre, um genau zu sein. Aber Liebe kennt anscheinend keinen Altersunterschied."

„Er hat schon ein Kind, Ky", fügte Mom hinzu. „Bist du bereit, die Mutter dieses Mädchens zu sein?"

„Ja. Ich liebe die Kleine, Mom. So sehr. Ich weiß nicht, was ich ohne sie tun würde." Ich streckte meine Arme nach ihnen aus. „Kann ich euch umarmen und die Worte hören, auf die ich hoffe? Ich heirate einen wunderbaren Mann. Einen Arzt! Einen wohlhabenden Arzt. Und ich liebe diesen Mann mit allem, was ich habe."

Moms Augen wanderten zu Dads Augen, als sie sagte: „Sie hat noch nie besser ausgesehen, David. Vielleicht ist es gut so. Sie war schon immer eine alte Seele."

Dad sah aus, als würde er sich geschlagen geben, und seufzte. „Glückwunsch, Ky. Darf ich dich zum Altar führen?"

Ich umarmte ihn. „Dad, ich würde nichts mehr lieben, als dass du mich zum Altar führst. Wir wollen dieses Wochenende mit euch allen eine Hochzeit planen, die uns ein Leben lang in Erinnerung bleiben wird."

Mom fing an zu weinen und schlang ihre Arme von hinten um mich, während ich Dad umarmte. „Oh, mein Baby heiratet!"

Sollte ich ihnen unsere Babynachrichten erzählen? *Nein, ich will nichts riskieren.* „Also, lass uns auch Alex gratulieren." Ich führte sie in den Wohnbereich und hörte sie keuchen, als wir den großen Raum betraten.

Mom flüsterte: „Das ist so schön."

Dad sah sich um. „So viel Leder."

„Ja, Alex mag Ledermöbel." Ich führte sie zu Alex und seiner Familie.

Bevor ich mich setzen konnte, standen seine Eltern auf und sein Vater sagte: „Willkommen in der Familie, Ky." Seine Arme schlossen sich um mich und mir kamen sofort die Tränen.

„Danke", brachte ich heraus.

Seine Mutter machte dort weiter, wo sein Vater aufgehört hatte, und nahm mich in ihre Arme. „Ich bekomme eine Schwiegertochter. Das ist so schön." Sie ließ mich los und sah mich dann an. „Rachelle hatte nicht viel mit uns zu tun. Ich hoffe, du kannst dir die Zeit nehmen, uns zu besuchen, Ky. Ich würde gern ein besseres Verhältnis zu dir haben."

„Mom", zischte Alex' Bruder. „Das ist uncool."

Andrew war ein paar Zentimeter kleiner als Alex, aber genauso heiß. Auf der Hochzeit würde er sich vor Verehrerinnen nicht retten können. *Ich muss sicherstellen, dass er für all die weibliche Aufmerksamkeit zur Verfügung steht.*

„Also bist du Alex' kleiner Bruder Andrew." Ich wollte ihm die Hand geben, aber er zog mich stattdessen in eine Umarmung.

„Auf keinen Fall! Komm her und umarme mich." Er lachte, als er mich wieder losließ. „Rachelle hatte für mich auch nicht viel übrig. Ich hoffe, wir können gute Freunde werden, Ky. Das tue ich wirklich."

„Ich auch." Ich mochte ihn bereits. „Also, bist du Single, Andrew?"

„Im Moment schon." Er lächelte. „Warum? Hast du eine Freundin?"

Alex streckte an seinem Platz auf der Couch die Hand aus und zog mich auf seinen Schoß. „Es wird mehr als ein paar Brautjungfern geben, um dir den Kopf zu verdrehen, Andy. Da du mein Trauzeuge sein wirst, hast du die freie Wahl."

Sein Bruder lächelte überrascht. „Du willst, dass ich dein Trau-zeuge bin? *Ich?*"

Alex nickte. „Bitte sag ja."

„Verdammt, ja!" Seine Faust schoss in die Luft. „Ich werde die beste Junggesellenparty der Geschichte ausrichten."

„Keine Stripperinnen", sagte ich schnell.

Andrew nickte zustimmend. „Keine Stripperinnen. Verstanden. Nur wilder Spaß, den er nie vergessen wird. Das wird so toll!"

Das denke ich auch.

25

ALEX

Die Hochzeit sollte Samstag in einem Monat stattfinden und Bella Luna Farms am Stadtrand war eine einstimmig Entscheidung.

Diesen Veranstaltungsort mit so kurzer Vorlaufzeit zu buchen schien unmöglich zu sein. Cherry, die Eventmanagerin von Bella Luna, überprüfte ihren Computer und schüttelte den Kopf, als ein Samstag nach dem anderen bereits ausgebucht war.

„Nein. Es gibt keine Chance, Sie nächsten Monat unterzubringen. Das gleiche Datum ist jedoch nächstes Jahr verfügbar." Sie lächelte mich an, nahm ihre Brille ab und legte sie auf den Schreibtisch. „Wie wäre es damit?"

Ich schüttelte den Kopf. Es war nicht das Datum, auf das wir es abgesehen hatten. „Hören Sie, ich habe meiner Verlobten versprochen, dass wir schnell heiraten werden. Wir versuchen bereits, ein Baby zu bekommen. Ich möchte nicht, dass das Baby vor der Hochzeit kommt. Nennen Sie mich altmodisch, aber so bin ich nun einmal."

Cherry schüttelte nur den Kopf. „Das ist anständig von Ihnen, Dr. Arlen, aber unsere Räumlichkeiten sind ausgebucht."

„Zu unserer Hochzeitsfeier kommen nur fünfzig Personen, Cherry." Ich dachte an den Kiefernhain, an dem ich auf dem Weg zu ihr vorbeigegangen war. „Was ist mit dem kleinen Kiefernhain?"

„Wir bieten dort keine Hochzeitsservices an." Sie schüttelte erneut den Kopf. „Dort gibt es nichts, worauf Ihre Gäste sitzen können. Wir nennen das Gebiet Squirrel Hill."

„Ich kann Ihnen so viel bezahlen, wie Sie wollen, damit Sie dort unsere Feier ausrichten. Danach können Sie es weiterhin als Veranstaltungsort nutzen."

Sie tippte mit ihren Fingernägeln auf den Schreibtisch und dachte über mein Angebot nach. „Das würde Sie eine Menge kosten, Doc."

„Nennen Sie mir einen Preis, Cherry." Sie hatte keine Ahnung, wie gut es mir finanziell ging.

„Unsere Gebühren sind ohnehin schon recht hoch", teilte sie mir mit. „Aber wenn Sie einen ganzen Veranstaltungsort bauen lassen, egal wie klein, kann das leicht hunderttausend Dollar kosten – vielleicht sogar noch mehr."

„Einverstanden." Ich zog eine meiner Kreditkarten heraus. „Bedienen Sie sich. Sie können abbuchen, so viel Sie brauchen."

Ihre Augen weiteten sich und sie keuchte. „Sind Sie sicher?"

„Ich habe eine Bedingung." Da ich für den Bau eines neuen Veranstaltungsorts bezahlte, sollte ich sie auch benennen dürfen. „Das Gebiet heißt Squirrel Hill, aber kann der Veranstaltungsort selbst auch anders bezeichnet werden?"

Sie nahm meine Kreditkarte und scannte sie ein, nur um herauszufinden, dass es kein Limit gab. Sie sah mich an. „Wie soll der Veranstaltungsort heißen?"

„Fate on Squirrel Hill." Ich mochte den Klang und wusste, dass Ky das auch tun würde. „Das Schicksal hat meine Verlobte und mich zusammengeführt. Der Name würde vielen Paaren gefallen, denken Sie nicht auch?"

Sie zuckte mit den Schultern und hatte keinen Grund, meinen Vorschlag abzulehnen. „Sie werden etwas Schönes für sich und Ihre Verlobte haben, Dr. Arlen. Lassen Sie mich wissen, wann die Feierlichkeiten beginnen sollen, damit alles bereit ist, wenn Ihr großer Tag kommt."

„Ich melde mich wieder bei Ihnen. Ky soll die Zeit bestimmen."

Ich hatte das Hauptziel des Tages erreicht und wusste, dass Ky und der Rest meiner Familie verblüfft darüber sein würden.

„Bis dann, Sir." Cherry konnte nicht aufhören zu lächeln, als sie zusah, wie ich ihr Büro verließ.

Sie hatte allen Grund zu lächeln. Sie hat gerade kostenlos einen völlig neuen Veranstaltungsort geschaffen. Ky würde es lieben, dass wir ihn bauten und seinen Namen bestimmen konnten.

Als ich ins Krankenhaus fuhr, um meine Runden zu drehen, wurde der Regen stärker. Das Wetter in Seattle war nichts, worüber wir gesprochen hatten. Ich hoffte, Cherry würde dafür sorgen, dass den Gästen im Notfall ausreichend Schutz geboten wurde.

Weitere Details mussten ausgearbeitet werden, aber wir sollten sie alle rechtzeitig erledigen können. Scheinbar konnte mich nichts stoppen. Ich würde mir einfach keine Sorgen machen. Alles, was wirklich zählte, war, dass Ky und ich in einem Monat verheiratet sein würden. Und hoffentlich würde sie dann bereits schwanger sein.

Die Idee, ein Baby mit Ky zu haben, beschäftigte meine Gedanken. Wieder fragte ich mich, wie unser erstes Kind aussehen würde. Hätte es meine Haare und ihre Augen oder umgekehrt? Eine Mischung von uns wäre gut – zumindest beim ersten.

Als ich Ky die Anzahl der Kinder nannte, die ich zu unserer Familie hinzufügen wollte, sah sie mich stirnrunzelnd an und sagte, wir müssten das im Lauf der Zeit entscheiden. Sie wollte sich nicht auf eine bestimmte Zahl festlegen. Meine Zahl war drei und sie war sich nicht sicher – zu viel oder zu wenig?

Wir hatten noch so viele gemeinsame Jahre vor uns, dass es fast irreal wirkte. Ich hatte zu viel mit Rachelle verpasst. Jetzt hatte ich wieder eine Chance mit Ky. Eine zweite Chance, um ein Leben voller Liebe und Glück zu führen, klang wie ein Geschenk des Himmels.

Als ich am Krankenhaus in das Parkhaus einbog, war der Eingang versperrt. Ein Arbeiter in einer orangefarbenen Weste winkte mich zur Seite. Ich kurbelte das Fenster herunter und fragte: „Sind Sie bald fertig?"

„Nein." Er zeigte auf die Straße. „Sie müssen heute auf der Straße parken. Das Parkhaus wird morgen wieder geöffnet." Er sah sich über die Schulter und dann zurück zu mir. „Ich soll nicht verraten, warum es geschlossen ist, aber sagen wir einfach, es gibt hier mehr als ein paar Prominente."

„Also drehen sie einen Film?" Ich nickte. „Alles klar. Ich werde heute woanders parken."

Als ich losfuhr, bemerkte ich, dass alle Autos auf der Straße geparkt waren. Andere fuhren auf der Suche nach einem Parkplatz im Kreis.

Der Regen wurde schwächer und ich fuhr ein paar Häuserblocks weiter. Hier gab es viele Parkplätze, aber es würde eine Weile dauern, bis ich zu Fuß das Krankenhaus erreichte. Als ich aus dem Auto stieg, klingelte mein Handy und ich zog es heraus. „Hey, Schatz, wie geht es dir?"

„Du weißt, wie es mir geht, Alex", sagte Ky mit angespannter Stimme. „Hast du den Veranstaltungsort bekommen?"

„Nun, irgendwie schon", neckte ich sie.

„Irgendwie?", fragte sie besorgt. „Was bedeutet das?"

„Ich habe die Orte, über die wir gesprochen haben, nicht bekommen. Weder den Ententeich noch das Traubenhaus." Ich lächelte und wusste, dass sie höchstwahrscheinlich an einem ihrer Nägel kaute.

„Vielleicht können wir das Datum ändern", sagte sie. „Lass uns die Hochzeit auf später im Jahr verlegen. Ein Monat ist zu kurzfristig. Ich habe dir gesagt, dass es schwierig sein wird, etwas Gutes zu finden."

„Du hast so wenig Vertrauen in mich, Ky." Ich schaute in beide Richtungen und überquerte dann die fast leere Straße.

„Was bedeutet das?", jammerte sie. „Soll das ein Scherz sein, Alex?"

Von wegen. „Was wäre, wenn wir an einem Ort heiraten, an dem noch nie jemand geheiratet hat?"

„Das klingt gut, aber auch schlecht."

„Wir werden das erste Paar sein, das genau an diesem Ort heiratet." *Wird sie das, was ich getan habe, gutheißen?*

„Wo ist dieser Ort?", fragte sie.

„Bella Luna Farms." Ich blieb an der nächsten Kreuzung stehen, als der Verkehr in der Nähe des Krankenhauses dichter wurde.

„Du hast gerade gesagt, dass wir dort nichts bekommen", stöhnte sie. „Hör auf, mit mir zu spielen, Alex. Sag mir einfach, wo es ist."

„Wir heiraten an dem Ort, den wir wollten." Ein Auto raste an mir vorbei und zwang mich, einen Schritt zurückzutreten. „Verdammt, der Verkehr hier ist ein Albtraum."

Ky ließ nicht locker. „Wo genau?"

„Es gibt ein kleines Waldgebiet, wo ich einen Veranstaltungsort bauen lasse. Wir werden das erste Paar sein, das genau dort heiratet." Ich hoffte, dass sie den Namen mochte, den ich ausgesucht hatte. „Ich habe ihn Fate on Squirrel Hill genannt."

„Hmm", überlegte sie. „Das ist irgendwie cool."

Weitere Autos rasten vorbei und ich schaute die belebte Straße hinunter, um zu sehen, ob ich sie irgendwo an einer Ampel überqueren konnte, aber ich fand keine. „Ich denke, das Schicksal hat uns zusammengeführt. So bin ich darauf gekommen."

„Oh, das ist so süß, Baby. Was machst du gerade?", fragte sie.

„Ich versuche mein Bestes, um zum Krankenhaus zu gelangen, aber der Verkehr ist schrecklich." Ich schaute die Straße entlang und sah einige Leute, die auf dem Bürgersteig warteten. Dort musste es eine Ampel geben, also ging ich in diese Richtung.

„Verkehr?", fragte Ky. „Du benutzt immer das Parkhaus. Welcher Verkehr?"

„Es ist geschlossen." Ich wurde schneller, als sich die Leute bewegten. Die Ampel musste umgeschaltet haben, da die Autos anhielten. „Anscheinend wird dort gerade ein Film gedreht."

„Oh ja?", quietschte sie. „Johnny Depp ist in der Stadt. Ich habe es heute Morgen in den Nachrichten gehört. Wie cool!"

„Johnny Depp, hm?" Ich erreichte die Ampel und sah, dass ich immer noch Grün hatte, sodass ich die Straße überqueren könnte.

„Das ist cool. Wir sehen uns später, Baby. Küss meine kleine Prinzessin für mich. Ich liebe dich. Bye."

„Ich liebe dich auch. Bye, mein sexy Mann."

Ich beendete den Anruf, steckte mein Handy in meine Tasche und hörte das Aufheulen eines Motors. Ich wurde wieder schneller und hatte nur noch die Hälfte der Straße vor mir, um sicher auf die andere Seite zu gelangen. „Scheiße! Ich hasse das." Jedes Mal, wenn ich Straßen überqueren musste, wurde ich nervös. Und inmitten so vieler Autos zu sein verstärkte meine Angst nur noch.

Gerade als mein Fuß den Bordstein berührte, wurde das Heulen desselben Motors lauter. Als ich mich umdrehte, sah ich nur Gelb, bevor alles schwarz wurde.

26

KY

Tabby und ich besuchten die Website von Bella Luna Farms und sahen auf der Karte auf dem Bildschirm nach, wo ihr Daddy alles für uns arrangiert hatte. „Oh, genau hier, Tabby." Ich zeigte auf die Bäume und sah, dass der Bereich Squirrel Hill genannt wurde. „Hier werden dein Daddy und ich heiraten."

„In den Bäumen?", fragte sie, als sie mich fragend ansah. „Wo die Eichhörnchen wohnen?" Sie schüttelte den Kopf. „Nein. Das mag ich nicht."

In dem Versuch, eine Dreijährige davon zu überzeugen, dass ihr Vater einen ausgezeichneten Geschmack hatte, sagte ich: „Daddy sagte, sie werden etwas bauen, in dem wir heiraten können. Ich bin sicher, dass es wunderbar sein wird."

Sie runzelte ihre winzige Stirn, als sie die Augen zusammenkniff und tief in Gedanken versunken wirkte. Schließlich nickte sie. „Ja."

Ihre Arme schlangen sich um mich und ihre Lippen drückten sich gegen meine Wange. „Ich möchte dich Mommy nennen, Ky."

Die Art, wie mein Herz einen Schlag aussetzte und ein Lächeln meine Lippen krümmte, sagte mir, dass ich dieses kleine Mädchen liebte. „Oh, Tabby, ich kann es kaum erwarten, dass du mich so nennst. Es ist wie ein Traum, der wahr wird. Ich stehe kurz davor, meine eigene Familie zu haben. Und eines Tages werden dein Daddy und ich auch kleine Brüder und Schwestern für dich haben."

„Kleine Schwestern, ja." Sie rümpfte die Nase. „Kleine Brüder", sie schüttelte den Kopf, „nein."

Ich zog sie auf meinen Schoß und wirbelte auf dem Bürostuhl in Alex' Arbeitszimmer herum. „Oh, komm schon, kleine Jungen können auch nett sein."

„Nein", protestierte sie. „Kleine Mädchen sind netter."

Ich musste mein Bestes geben, um diesem Kind eine kleine Schwester zu geben. Entweder das oder ich musste Tabby denken lassen, dass sie tatsächlich einen kleinen Bruder haben wollte.

„Wenn es soweit ist, wirst du bestimmt mit allem, was wir haben, zufrieden sein." Ich ließ sie auf und ab hüpfen. „Richtig?"

Sie lachte, als sie wieder den Kopf schüttelte. „Nein."

Meine Güte.

Ich entschied mich, das Thema zu wechseln, und wandte mich wieder dem Computer zu. „Hilf mir, ein Blumenmädchenkleid für dich auszusuchen!"

„Ja!" Ihre grünen Augen funkelten vor Freude. „Eins mit Blumen. Und Bänder in meinen Haaren. Und schöne Schuhe. Und ..."

Ich öffnete eine Website. „Wie eines dieser Kleider?"

Sie nickte und während ihre Augen auf dem Monitor klebten, fuhr ihr kleiner Finger über jedes Kleid. „So viele schöne Kleider. Ich mag sie alle!"

„Wie wäre es mit einem, das zu meinem passt?", fragte ich und klickte auf die nächste Seite. „Auf diese Weise können wir beide wie Bräute aussehen."

„Das gefällt mir." Gleichzeitig fanden wir das Kleid. „Das hier."

„Einverstanden." Ich klickte darauf, fand eines in ihrer Größe und drückte dann *Bestellen*. „Das Kleid ist auf dem Weg. Jetzt die Schuhe."

Die Art, wie sie mich mit erhobenen Augenbrauen ansah, brachte mich fast zum Lachen, als sie fragte: „Kann ich High Heels tragen?"

Ich küsste die Spitze ihrer süßen, kleinen Nase. „Auf keinen Fall, kleine Lady. Für dich gibt es Ballerinas. Sie werden sehr hübsch und bequem sein. Du musst sie den ganzen Tag tragen, also sollst du dich darin wohlfühlen." Ich lächelte. „Ich trage auch flache Schuhe. Es ist mir egal, was Carla über das Tragen von Absätzen am Hochzeitstag sagt."

Tabby nickte. „Ja, wir haben es gern bequem."

Sie folgte schon meinem Modegeschmack. *Komfort vor Schönheit* war zu meinem Motto geworden, seit ich mit Carla auf die Suche nach einem Brautkleid gegangen war. „Wenn man lange genug sucht, findet man Schönheit *und* Komfort."

Tabby nickte. „Ja. Wir mögen Komfort."

Ich fand Schuhe mit kleinen roten Rosen an den Zehen. „Oh, Tabby! Schau dir diese hier an."

Die Art, wie ihr Gesicht aufleuchtete, ließ mein Herz höherschlagen. „Sie sind so hübsch! Kann ich sie haben? Bitte!"

„Sie werden mit dem Kleid bezaubernd aussehen." Ich klickte sie an und kaufte sie. „Mit dir einzukaufen ist einfach, Tabby."

„Und es macht Spaß", sagte sie und nickte. „Wann kommt Daddy nach Hause? Ich möchte ihm mein Kleid zeigen."

Wir sollten etwas tun, um sie nicht nur als Blumenmädchen einzubeziehen. Wie konnten wir sie noch in die Zeremonie integrieren? Tabby sollte sich als Teil von uns fühlen. Wir alle sollten uns wie eine richtige Familie fühlen.

Ich nahm mir eine Sekunde Zeit und sah auf, um ein stilles Gebet zu sprechen. Ich dankte Gott und allen anderen Mächten dort oben, die möglicherweise etwas mit der Liebe zu tun hatten, die wir teilten.

Tabby legte ihre Hände auf beide Seiten meines Gesichts. „Ky, wann kommt Daddy nach Hause?"

Ich blinzelte sie an und wurde aus meinem Gebet gerissen. „Ich bin mir nicht sicher. Er muss sich um seine Patienten kümmern. Er wird rechtzeitig hier sein, um dein Kleid und deine Schuhe zu sehen, bevor du ins Bett gehst. Mach dir darüber keine Sorgen." Ich stand auf und hob sie hoch. „Was sagst du zu einem gesunden Snack? Wir können ein Buch lesen, während wir ihn essen."

„Trauben." Sie lächelte mich an, als sie eine Strähne meiner Haare um ihren Finger wickelte. „Und Limonade mit tropischen Früchten!"

„Klingt gut." Ich spürte ein Verlangen nach Erdnussbutter und Bananen, das aus dem Nichts gekommen war. „Mal sehen, ob Rudy mir auch etwas macht. Dieses Verlangen hat sich einfach bei mir eingeschlichen."

„Was ist ein Verlangen?", fragte Tabby, als ich die Küchentür aufstieß.

Rudy hörte sie. „Ein Verlangen ist, wenn jemand unbedingt etwas Bestimmtes essen will. Wer möchte was?"

Ich hob die Hand, als ich Tabby auf einen Barhocker an der Insel mitten in der Küche setzte. „Ich möchte Erdnussbutter mit Bananenscheiben."

„Auf Brot?", fragte er, als er zur Speisekammer ging, um die Zutaten zu holen.

„Nein. Nur einen Löffel Erdnussbutter und eine in Scheiben geschnittene Banane. Das wird reichen."

Tabby sagte: „Ich möchte bitte Trauben. Und tropische Limonade, Mr. Rudy."

„Du hast Glück", sagte er. „Ich habe heute Morgen frische Limonade gemacht. Eine Ananas, zwei Orangen, eine Mango, ein Pfirsich und Erdbeeren. Es könnte meine beste Kreation aller Zeiten sein."

Es klang auch so. „Lecker. Ich kann es kaum erwarten, sie zu probieren." Ich fuhr mit meiner Hand durch Tabbys blondes Haar und ließ sie wissen, dass es nicht selbstverständlich war, einen so großartigen Koch zu haben, der sich um unser leibliches Wohl kümmerte. „Wir haben Glück, all das zu haben, Tabby."

Sie sah verwirrt aus und fragte: „Was haben wir?"

„Rudy." Ich schaute hinüber und schenkte ihm ein Lächeln. „Er sorgt dafür, dass wir viele gesunde Dinge zu essen und zu trinken bekommen. Und sie schmecken auch alle großartig."

„Ja", sagte Tabby und nickte. „Und sie sind auch hübsch." Sie zeigte auf die Art, wie er die Banane schnitt. „Bananenrosen, Ky."

„Rudy, Sie müssen sich nicht so viel Mühe machen." Er musste keinen Fünf-Sterne-Snack für mich zubereiten.

„Das ist überhaupt kein Problem." Er bewies es, indem er unsere Snacks in Rekordzeit fertigstellte. „Sehen Sie?"

„Gibt es irgendetwas, das Sie nicht können?", fragte ich ihn erstaunt.

„Viele Dinge." Er stellte die Teller vor uns. „Wie Rasen mähen oder Dachrinnen reinigen. Aber in der Küche bin ich ein Star!"

„Sie sind ein Star!", stimmte Tabby ihm zu. „Danke, Mr. Rudy."

„Gern geschehen, Miss Tabby." Er sah mich an, als ich mit einer kleinen Gabel meinen Snack aß. „Und wie schmeckt es Ihnen, Miss Ky?"

„Etwas fehlt. Ich kann nicht sagen, was es ist, aber ich brauche mehr davon." Es fiel mir einfach nicht ein.

Aber Rudy. Er ging in die Speisekammer und kam mit einem Glas Honig heraus. „Erlauben Sie mir, etwas davon hinzuzufügen. Ich glaube, das ist, was gefehlt hat."

Ein Bissen sagte mir, dass er recht hatte. „Ja. Oh ja. Das wollte ich. Sie sind ein Gedankenleser."

„Ich weiß nur, was gut zusammenpasst." Er stellte unsere Limonadengläser vor uns. „Genießen Sie Ihre Snacks, Ladys. Ich muss auf den Markt gehen und für das Abendessen einkaufen. Beef Wellington ist das Hauptgericht."

Ich hatte davon gehört, aber keine Ahnung, was es wirklich war. „Rudy, was ist Beef Wellington?"

„Filet Mignon mit einer Pastete aus gegrillten roten Zwiebeln und Portabella-Pilzen", erklärte er. „Das alles wird in eine sichelförmige Teigrolle gepackt."

Tabbys Augen weiteten sich. „Wie eine Pastete?"

„Irgendwie schon." Er zuckte mit den Schultern. „Es ist allerdings etwas schicker als eine Fleischpastete."

„Das klingt köstlich", sagte ich, als mein Magen knurrte und ich meine Hand darüber legte, während sich meine Wangen vor Verlegenheit erhitzten. „Oh! Mein Bauch scheint das auch zu denken."

Er grinste auf dem ganzen Weg nach draußen. Dann klingelte das Haustelefon und mir blieb das Herz stehen. Nur die Vanderhavens hatten bislang angerufen – zumindest seit ich hier wohnte.

Ich versuchte, nicht nervös auszusehen, als wir unsere Snacks aßen. Chloe würde den Anruf entgegennehmen. Das tat sie immer. Innerlich betete ich, dass es ein Werbeanruf war.

Als Chloes Stimme in die Küche drang, bildete sich ein Knoten in meinem Bauch. „Ky?"

„Verdammt." Ich stand auf und Tabby sah mich verwirrt an. „Ich muss ans Telefon gehen, Tabby. Kann Chloe einen Moment bei dir sitzen?"

„Okay", sagte Tabby und aß ihre Trauben, die Rudy halbiert hatte.

Chloe traf mich an der Tür. „Ky, es ist für Sie. Ich werde nach Tabby schauen, während Sie den Anruf entgegennehmen."

„In Ordnung", sagte ich und sah dann zur Tür hinaus. „Wo ist das Telefon?"

Sie zog das schnurlose Telefon aus ihrer Schürzentasche. „Sie können in das Nebenzimmer gehen, wenn Sie möchten."

Ich erwartete, dass Tabbys Großeltern am anderen Ende der Leitung sein würden, und nickte. „Gute Idee." Ich verließ die Küche und nachdem ich die Tür geschlossen hatte, sagte ich: „Hier spricht Ky."

„Ky, hier spricht Dr. Reagan Dawson vom Saint Christopher's Hospital. Ist jemand da, der auf Alex' Tochter aufpassen kann?"

„Die Haushälterin ist hier." Ich fühlte mich seltsam und setzte mich auf den nächsten Stuhl. „Ist alles in Ordnung?"

„Nein", kam ihre sanfte Antwort. „Alex hatte einen Unfall."

Ich hörte auf zu atmen. „Nein."

Sie fuhr fort: „Ich fürchte schon. Du solltest in die Notaufnahme kommen. Dann führt man dich zu uns."

„Ist er ..." Ein Kloß bildete sich in meiner Kehle.

„Sag dem Fahrer, er soll dich hierherbringen. Fahre besser nicht selbst", empfahl sie mir. „Du wirst mehr wissen, sobald du hier bist."

Ich fühlte mich benommen. „Okay."

Bitte stirb nicht, Alex!

27

ALEX

Ein weißer Lichtblitz und das Summen von Elektrizität in der Luft sorgten dafür, dass ich mich aufsetzte und in den Himmel schaute. Die Leute um mich herum flüsterten. Da ich sie nicht verstehen konnte, konzentrierte ich mich auf das Licht, das immer heller wurde. „Alex", erklang eine sanfte Frauenstimme.

Eine Stimme, die ich kannte. „Rachelle?"

Ich kniff die Augen zusammen und konnte nichts anderes als Licht sehen. „Alex, du machst einen tollen Job mit unserer Tochter."

„Danke, Rachelle." Ich legte meine Hand über meine Augen, um das Licht abzuschirmen und einen Blick auf meine verstorbene Frau zu erhaschen. Plötzlich fiel es mir wieder ein.

Rachelle ist tot!

„Ich nenne es nicht gerne tot, Alex."

Bin ich auch tot?

„Nein, das bist du nicht. Noch lange nicht." Das Licht bewegte sich in langsamen Wellen und sie fuhr fort: „Du bist Arzt, Alex. Was passiert, wenn man von einem Auto angefahren wurde?"

„Ich wurde von einem Auto angefahren?" Ich sah mich um. Ich hatte das Gefühl, nach oben zu schweben, und als ich nach unten schaute, sah ich alles. Mein Körper lag auf dem Bürgersteig und

Menschen umrundeten mich. „Blut sammelt sich hinter meinem Kopf. Allerdings nicht viel." Das Krankenhaus war in der Nähe. „Sie müssen mich dorthin bringen. Harris kann mich wieder zusammenflicken."

Rachelles Stimme war nahe an meinem Ohr. Ich konnte spüren, wie ihr Atem sich darüber bewegte, als sie sagte: „Du atmest nicht, Alex. Versuche zu atmen. Das ist wichtig, weißt du."

Eine Frau sagte: „Er atmet nicht. Kennt sich jemand mit Wiederbelebung aus?"

„Ja, ich", rief ein Mann. „Lassen Sie mich durch."

„Er klingt wie der Typ aus *Fluch der Karibik*", sagte ich.

Ganz in Schwarz gekleidet und das dunkle Haar mit glänzendem Gel nach hinten gekämmt, bewegte sich ein Mann durch die Menge, um zu mir zu gelangen. „Treten Sie alle zurück. Ich brauche Platz."

„Hey, das ist der Typ aus dem Film!" Ich lachte, als der berühmte Schauspieler mich wiederbelebte. Dann schwebte ich nicht mehr. Ich war wieder auf dem harten Boden, das Licht war weg und Regentropfen fielen auf mein Gesicht. Und über mir ragte der Mann auf, der mich gerettet hatte. „Hey, Johnny Depp."

Er wirkte verblüfft. „Oh, nein. Ich bin nicht er. Ich bin sein Stuntdouble." Er stand auf und sah mich an. „Geht es Ihnen gut, Mister?"

„Nicht wirklich." Alles tat enorm weh. „Aber ich atme. Danke."

„Dann viel Glück." Er verschwand in der Menge. Die Augen der Umstehenden folgten dem Mann und über den heulenden Sirenen war ein ungläubiges Murmeln zu hören.

Ich versuchte, den Kopf stillzuhalten und meine Finger zu bewegen, aber meine rechte Hand reagierte nicht. *Scheiße!*

Sanitäter gingen durch die Menge und zerstreuten sie. „Aus dem Weg, Leute. Gehen Sie weiter. Hier gibt es nichts zu sehen." Sie blieben stehen, als sie mich sahen.

Dale stand der Mund offen. „Dr. Arlen, Sie sind es."

„Ja", sagte ich leise, als meine Kräfte schwanden. „Holen Sie Harris. Ich kann die Finger meiner rechten Hand nicht bewegen." Meine Umgebung begann zu verblassen, als sie mich auf die Trage legten. „Druck ... auf den Hinterkopf."

„Wir haben Sie, Doc", sagte Dale, als sie mich in den Kranken-
wagen schoben. „Immer mit der Ruhe. Ich werde sicherstellen, dass
Dr. Dawson für Sie bereit ist."

Der Transport hatte mich überanstrengt und ich musste eine
Weile ohnmächtig gewesen sein. Als ich wieder aufwachte, waren
Lichter in meinen Augen. Harris' Augen und die Augen anderer
Menschen waren auf meine gerichtet. „Hi, Alex", sagte er. „Du hast
einen Schädelbruch."

„Also hast du meinen Kopf rasiert. Jetzt werde ich auf meinen
Hochzeitsfotos furchtbar aussehen."

„Du wirst großartig aussehen. Nur die Rückseite wurde rasiert."
Er sah die Krankenschwester an, die ihm assistierte. „Achten Sie auf
seine Zehen und sagen Sie mir, ob sich der linke große Zeh bewegt."

Gehirnoperationen wurden nicht unter Narkose durchgeführt.
Na ja, jedenfalls nicht die Art von Narkose, bei der man ganz betäubt
war. Glücklicherweise drehte ich nicht bei dem Gedanken durch,
dass mich jemand operierte.

„Das tut er, Doktor", sagte die Krankenschwester.

„Ich habe gespürt, wie er sich bewegt, aber ich habe es nicht
bewusst getan", sagte ich. „Und ich möchte hinzufügen, dass sich
mein Körper schön warm anfühlt. Gemütlich. Ich glaube, ich denke
rational. Im Bereich meines Kleinhirns herrscht leichter Druck. Aber
es gibt keine Anzeichen für Hirnschäden."

Harris fragte: „Welche Farben kannst du sehen, Alex?"

„Hauptsächlich Weiß. Hier ist es so hell. Die Farben sind im
Vergleich zu den Lichtern dunkel." Ich hielt inne, als ich instinktiv
wusste, welcher Bereich meines Gehirns geschädigt war. „Ah. Das
Problem liegt im Okzipitallappen."

„Genau", bestätigte Harris. „Dort ist der Bruch. Und deine
rechten Finger bewegen sich nicht, weil der Druck auf das Kleinhirn
von der Beule an deinem Schädel verursacht wird. Das bekomme ich
hin."

„Das erklärt das weiße Licht und dass ich dachte, ich würde über
meinem Körper schweben." Aber es erklärte nicht Rachelles Stimme.
„Bist du sicher, dass es keine anderen Schäden gibt, Harris? Der

Schläfenlappen könnte auch geschädigt sein. Ich habe die Stimme meiner verstorbenen Frau gehört. Wenn dort ebenfalls eine Verletzung vorliegt, erklärt das, was mit mir passiert ist."

„Tut mir leid, Alex. Es gibt keine andere Verletzung." Er lachte. „Vielleicht bist du zu einem Hellseher geworden. Hat sie dir die Zukunft vorhergesagt?"

„Nein." Er scherzte. „Es ist sehr wahrscheinlich, dass mein Unterbewusstsein mir Dinge erzählt hat, die ich hören wollte. Es wirkte aber so real. Ich verstehe jetzt die Leute, die behaupten, dass sie übernatürliche Dinge gesehen und gehört haben. Es scheint, als ob es wirklich passiert."

„Hirnfunktionen sind sehr komplex." Harris wies die Krankenschwester an: „Nehmen Sie seine rechte Hand. Lassen Sie uns sehen, ob sich seine Finger bewegen, und danach, ob er sie selbst bewegen kann."

Sie sah mich mit hochgezogenen Augenbrauen an. „Sie bewegen sich. Dr. Arlen?"

Es kostete mich viel Konzentration, aber sie bewegen sich wieder. „Ich habe es geschafft!"

„Ja, das haben Sie", sagte sie.

Harris klang erfreut. „Großartig. Es wäre am besten, wenn ich dich drei Tage lang in ein künstliches Koma versetze, damit alles heilt. Einverstanden, Dr. Arlen?"

„Ich würde das Gleiche tun." Aber ich wollte mit Ky sprechen. „Hey. Das ist unorthodox, aber weißt du, ob Ky hier ist?"

Jemand in der Galerie meldete sich zu Wort und meine Augen wanderten dorthin, wo die Stimme herkam. „Ich hole sie", sagte Reagan. „Sie ist draußen."

Harris gab eine weitere Anweisung: „Decken Sie seinen Hinterkopf ab, damit wir sie nicht erschrecken."

„Sie muss nicht sehen, dass ich wie ein blutiges wissenschaftliches Experiment aussehe." Sie war auch so schon ziemlich aufgewühlt. „Ich möchte nur, dass sie weiß, dass ich sie liebe und dass ich nirgendwo hingehe." *Ich wünschte nur, ich könnte sie wirklich sehen.*

Ihre hübschen haselnussbraunen Augen, ihre aschblonden

Haare, ihre rosa Lippen und Wangen. Stattdessen wäre alles, was ich sehen könnte, verschwommenes Weiß. Aber ich würde sie treffen und das war besser als nichts.

„Alex?", fragte Ky. „Bist du wach?"

Meine Augen wanderten dorthin, wo ihre Stimme war. Die Entfernung erwies sich als zu groß, um mehr als einen wellenförmigen weißen Schatten zu sehen. „Ky! Ja, ich bin wach. Fürs Erste jedenfalls. Mein Okzipitallappen ist beschädigt. Das heißt, ich kann nicht gut sehen. Normalerweise dauert es drei bis fünf Tage, bis es heilt. Und die ersten drei Tage sollte man sich gut ausruhen, um den Heilungsprozess zu beschleunigen. Also werde ich ein paar Tage schlafen. Aber ich werde dich nicht verlassen, Baby."

„Gott sei Dank", hörte ich sie mit tränenerstickter Stimme sagen. „Alex, ich liebe dich."

„Ich liebe dich auch Baby. Alles wird gut. Du wirst sehen." Ich versuchte so sehr, sie zu sehen, dass mein Hinterkopf schmerzte. „Okay, fang an, Harris." Ich hob meine Hand und bewegte meine Finger, um zu winken. „Bis in drei Tagen, meine Liebe. Küss Tabby für mich und sag ihr, dass Daddy sie liebt."

Schluchzen war alles, was ich hörte, bevor Reagan Ky aus der Galerie führte. Harris versuchte, mich aufzumuntern. „Alles ist gut. Reagan und ich werden uns um sie kümmern, Alex. Ruhe dich einfach aus und werde wieder gesund. Ich freue mich auf die Hochzeit nächsten Monat."

Und dann wurde es still.

Das Piepsen eines Herzmonitors war das Erste, was ich hörte, als ich wieder aufwachte. Ich mochte den stetigen Puls meines Herzens. Nichts tat mir weh, das war ebenfalls gut. Die Wirkung der Medikamente war noch zu stark, um meine Augen zu öffnen oder zu sprechen. Aber ich konnte etwas hören und stand am Beginn der Aufwachphase. Frauenstimmen erklangen im Raum. Eine von ihnen gehörte Ky, die leise sagte: „Ich vermisse sie einfach so sehr, Susan. Ich wünschte, sie hätten nicht darauf bestanden, Tabby mit nach Spokane zu nehmen."

Meine Mutter war bei ihr. „Rachelles Eltern haben mich immer eingeschüchtert. Hätte David nicht sofort nach Denver zurückkehren müssen, hätte er nicht zugelassen, dass sie sie mitnehmen. Aber ich habe einfach nicht so viel Rückgrat bei ihnen wie er und Alex. Sobald es Alex besser geht, ist unser Mädchen wieder da, wo es hingehört."

„Hoffentlich. Das Haus fühlt sich ohne sie oder Alex so leer an. Ich hasse es", sagte Ky. „Ich bin wieder zu meinen Freundinnen in meine alte Wohnung gezogen. Ich kann nicht allein in diesem großen Bett schlafen, wenn er nicht da ist. Und ohne die beiden kann ich auch nicht im Haus sein."

Sie hat unser Zuhause verlassen? Und Tabby wurde weggebracht?

Der Herzmonitor wurde schneller und dann verkrampfte sich etwas in meiner Brust. Helles Licht erfüllte meine Augen, als alle Stimmen zu einem Flüstern verebbten. Wieder hörte ich Rachelles Stimme, „Alex, was machst du da?"

„Sie haben Tabby mitgenommen! Warum hast du das zugelassen? Ky ist jetzt ihre Mutter. Du musst sie aufhalten. Halte sie auf!"

„Er hat Herzrhythmusstörungen", sagte eine Frau. „Wir müssen ihn ruhig halten. Er ist noch nicht bereit, wieder aufzuwachen."

Langsam verblasste das Licht und ich hörte Harris sagen: „Noch zwei Tage."

Das Weinen meiner Mutter und Ky war das Letzte, was ich hörte.

Weint nicht, bitte weint nicht.

28

KY

Carla starrte mich an, als ich auf dem Sofa saß und versuchte, mit dem Weinen aufzuhören. „Komm schon, Ky. Er wird wieder gesund. Sie haben gesagt, dass es keine Schäden an seinem Herzen gibt. Sie haben nur versucht, ihn zu früh aus dem künstlichen Koma zu holen."

„Ja, aber das macht mir Angst, Carla." Sie verstand nicht, was Alex' Unfall mir angetan hatte. „Ich kann jetzt alles sehr deutlich sehen. Alex könnte sterben. Wenn nicht heute, dann eines Tages. Ich werde ihn eines Tages verlieren und dieser Schmerz ist unerträglich."

„Was zum Teufel sagst du da, Ky?", fragte Carla mich, als sie mir mehr Taschentücher reichte.

Ich hatte nichts anderes getan, als darüber nachzudenken, wie es wäre, Alex und Tabby zu verlieren. Der Gedanke löste eine Leere in mir aus, die ich nicht ertragen konnte. „Wenn ich sie liebe, habe ich zu viel zu verlieren. Wenn ich Alex verliere, verliere ich auch Tabby. Nicht, dass ich mich nicht so um sie kümmern kann, wie sie es verdient, aber ich möchte sie bei mir behalten, wenn ihm etwas passiert. Und jetzt, da dies geschehen ist, werden ihre Großeltern alles in ihrer Macht Stehende tun, um sie von mir fernzuhalten. Auch die Adoption von Tabby wird nicht helfen. Claus erwähnte das, als ich ihm sagte, worum Alex mich gebeten hat, sobald wir verheiratet sind."

„Wen interessiert es, was alte Geldsäcke sagen?", fragte sie, ohne sich der Realität bewusst zu sein.

„Zum Beispiel die Gerichte." Ich putzte mir die Nase und versuchte, tief durchzuatmen. „Mein Kopf tut weh, meine Brust tut weh und meine Nase tut weh, weil ich so viel geweint habe. Und das, obwohl ich darauf vertraue, dass Alex aufwacht und wieder gesund wird. Was ist erst, wenn er irgendwann tatsächlich stirbt, Carla?"

Ich könnte gleich mit ihm sterben. Sofort war die Idee in meinem Kopf, dass ich mich auf sein Grab legen und einfach nicht aufstehen würde, bis ich wieder bei ihm war.

Was für ein Leben wäre das?

„Du *wirst* weiterleben, wenn er stirbt", sagte Carla. „Hast du nichts von Alex gelernt? Er hat seine Frau und die Mutter seiner kleinen Tochter verloren. Er musste Tabby ganz allein großziehen, Ky. Er ist für sie stark geblieben. Und du wirst für sie da sein, wenn ihm etwas passieren sollte. Du wirst sie und alle anderen Kinder haben, die ihr zusammen bekommt. Gib nicht so schnell auf. Lerne stattdessen von Alex. Du *kannst* weiterleben, auch nachdem der Mensch, den du liebst, gestorben ist."

Wie hatte Alex das geschafft? Wahrscheinlich hatte er einfach für Tabby durchgehalten. Ich würde sie nicht mehr haben, wenn Alex starb. Die Vanderhavens würden mir Tabby auch dann wegnehmen, wenn ich ihre Halbbrüder und Halbschwestern bekam.

„Es gibt so viel, woran ich nicht gedacht habe, Carla." Ich wischte mir die Augen mit einem frischen Papiertaschentuch ab. „Es gibt mehr zu verlieren, wenn ich Alex heirate, als zu gewinnen."

„Das ist einfach verrückt." Sie stand auf und warf ihre Hände in die Luft. „Dieser Mann ist klug, süß und nach dem, was du mir erzählt hast, fantastisch im Bett. Außerdem liebt er dich und gibt dir mehr, als du jemals verlangt hast. Und hast du jemals einen Mann gesehen, der so heiß ist?" Sie schüttelte den Kopf, um ihren Standpunkt zu verdeutlichen. „Nein, das hast du nicht."

„Aber die Macht, die er über mein Herzen hat, ist beängstigend." Ich putzte mir die Nase und zuckte vor Schmerz zusammen, weil sie wund geworden war. „Und Tabby hat die gleiche Macht über mich. Ich bin ohne sie verloren, Carla. Vor ein paar Monaten kannte ich sie noch nicht einmal und jetzt besitzen sie mein Herz und wahrscheinlich sogar meine Seele. Wenn Alex stirbt, zerreißt nicht nur er mir das Herz, sondern auch Tabby, weil ich sie dann nicht mehr in meinem Leben haben kann. Was auch geschieht, ich kann nur verlieren. Siehst du das nicht?"

„Ky, jedes Mal, wenn du einen Schritt machst, liegt die Wahrscheinlichkeit, dass du stolperst und hinfällst, bei achtzig Prozent. Wusstest du das?"

Sie versuchte, mir zu helfen, aber das war Unsinn. „Das hast du erfunden. Du kannst die prozentuale Wahrscheinlichkeit unmöglich kennen. Und sicher, wenn man geht, kann man hinfallen. Aber aufgeschürfte Knie tun nicht so weh wie das hier. Dieser Schmerz ist schlimmer als ein Messer, mit dem einem tausendmal ins Herz gestochen wird. Ich kann den Schmerz nicht fassen und ich sterbe nicht einmal. Wie schlimm muss da erst ein Herzinfarkt sein?"

Sie hatte keine Ahnung, wie sehr mir alles wehtat. Mein Magen schmerzte die ganze Zeit. Meine Brust tat mehr weh als alles andere, aber selbst meine Arme und Beine schmerzten. Es schien unwirklich zu sein, dass meine Emotionen eine so große Wirkung auf meinen Körper hatten. Aber es war alles sehr authentisch.

„Vielleicht kannst du einen der Ärzte im Krankenhaus bitten, dir zu helfen, Ky." Carla zog eine Augenbraue hoch. „Du könntest dir etwas zur Beruhigung besorgen."

„Tabletten?", fragte ich sie angewidert.

„Ja, Tabletten, Ky." Sie verdrehte die Augen. „Manchmal braucht man einfach Hilfe. Es ist nicht so, als würdest du ständig Beruhigungsmittel nehmen. Du musst jetzt nur etwas runterkommen. Du sagst, deine Brust tut weh. Was, wenn etwas wirklich nicht stimmt? Lass dich untersuchen. Ein Herzinfarkt mit zweiundzwanzig ist nicht völlig ausgeschlossen."

Ich drückte meine Hand auf meine Brust und fragte mich, ob sie recht hatte. „Reagan ist Kardiologin. Vielleicht kann sie mich untersuchen."

Ich saß vollkommen still und versuchte, auf mein Herz zu hören. Machte ich mich absichtlich krank? Würde ich tatsächlich sterben, wenn Alex starb?

„Du solltest sie um Hilfe bitten, Ky." Carla stand auf, ging in die Küche und kam mit einem Glas Wein zurück. „Trink das. Du musst dich entspannen."

Ich nahm ihr das Glas ab und nahm einen Schluck. „Ich muss über so vieles nachdenken. Liebe könnte für mich zu viel sein. Zumindest im Moment. Alex und ich waren zu schnell. Das erkenne ich jetzt. Was würde es mit mir machen, wenn ihm oder Tabby etwas zustoßen würde? Ich bin zu jung. Ich kann nicht damit umgehen, verstehst du?"

Carlas dunkle Augenbrauen zogen sich zusammen. „Weißt du, Ky, ich wäre keine würdige Trauzeugin, wenn ich dich wie ein Feigling vor dieser Ehe fliehen lassen würde. Ich kenne dich fast mein ganzes Leben. Du liebst diesen Mann. Du liebst sein kleines Mädchen. Ich denke nicht, dass du jemals jemanden so sehr lieben wirst wie diese beiden."

Sie hatte recht. „Und deshalb muss ich es beenden. Es ist zu viel. Ich kann es nicht ertragen."

„Es beenden?" Ihr Gesicht sah alarmiert aus. „Was würdest du damit diesem Mann antun? Und dem kleinen Mädchen, wenn es dich niemals wiedersehen würde?"

„Vielleicht sind die beiden stärker als ich." Wie konnten sie den Verlust von Rachelle verkraften? Weil sie einander hatten. Ich wäre allein, wenn ich Alex jemals verlieren würde. Dass meine beste Freundin das nicht verstehen konnte, machte mich fassungslos. „Auf welcher Seite stehst du überhaupt? Ich bin diejenige, um die du dir Sorgen machen solltest, Carla. Ich bin deine beste Freundin. Du hast Alex oder Tabby noch nicht einmal richtig kennengelernt."

„Es ist egal, dass ich sie noch nicht lange kenne", sagte sie, als sie sich neben mich setzte und ihren Arm um meine Schultern legte. „Ich habe ihre Wirkung auf dich gesehen, Ky. Du bist aufgeblüht. Du bist in einer Weise gewachsen, wie es niemand in unserem Alter so schnell könnte. Ich bin auf deiner Seite, Mädchen. Das solltest du wissen. Was für eine Freundin würde dich all das wegwerfen lassen, nur weil du die beiden irgendwann verlieren könntest?"

„Die Chancen stehen gut, dass Alex vor mir stirbt", erinnerte ich sie. „Er ist dreizehn Jahre älter."

„Sie stehen genauso gut, dass ihr zu diesem Zeitpunkt beide alt und grau seid und eure Kinder längst erwachsen sind." Sie fuhr mit ihrer Hand durch meine Haare und strich sie mir aus dem Gesicht. „Warum rufst du nicht Tabbys Großeltern an und fragst, ob du ihr Hallo sagen kannst? Es würde ihr ein besseres Gefühl geben, von dir zu hören. Du wirst dich auch besser fühlen, wenn du ihre Stimme hörst."

Ich holte mein Handy heraus und sah es mir lange an. „Vielleicht hast du recht." Ich stand auf und ging nach draußen, um anzurufen. Die Nachtluft war frisch und sauber und machte mir den Kopf frei, als ich den Nachnamen ihrer Großeltern in meinem Adressbuch suchte.

„Hallo, hier ist die Vanderhaven-Residenz. Sie sprechen mit Bartholomew. Was kann ich für Sie tun?"

„Bartholomew, hier ist Ky. Ich würde gern mit Tabitha sprechen." Ich betete, dass er es zuließ. Es würde mich nicht wundern, wenn sie Alex bereits abgeschrieben hatten und dachten, ich sollte nicht mit ihrer Enkelin interagieren.

Tabbys Stimme im Hintergrund ließ mein Herz höherschlagen und ein Lächeln erhellte mein Gesicht. „Ist das Ky? Ist sie das?"

Woher wusste sie, dass ich es war? Ich fand es großartig, dass es so war. „Bitte, Sir. Bitte lassen Sie mich mit ihr sprechen."

Er sagte kein Wort. Das Nächste, was ich hörte, war Tabby. „Bist du das, Ky?"

Ein Knoten hatte sich in meiner Kehle gebildet und ich musste mich räuspern, bevor ich sagen konnte: „Ich bin es, meine süße, kleine Prinzessin."

„Ich habe dich vermisst!", rief sie. „Wie geht es Daddy?"

„Er schläft noch." Ich wollte nicht, dass sie erfuhr, was passiert war, als sie versuchten, ihn zu wecken. „Es wird noch ein paar Tage dauern, bis er aufwacht."

„Ky, kannst du mich abholen?", fragte sie unschuldig. „Ich will dabei sein, wenn Daddy aufwacht. Wenn ich da bin, wird es ihm schnell besser gehen."

„Mal sehen, ob wir das schaffen, Tabby. Sind deine Großeltern in der Nähe?" Ich straffte meine Schultern und war bereit für einen Kampf. Um Tabbys willen. Sie hatte recht. Ihr Vater würde mit uns beiden an seiner Seite schneller gesund werden.

„Ich bin hier bei Barthy", ließ sie mich wissen.

Das machte mich wütend. Sie hatten sie mitgenommen, weil sie aufgebracht darüber gewesen waren, dass ich sie bei Chloe gelassen hatte, als ich am ersten Tag ins Krankenhaus fuhr. „Ich sage dir, was wir jetzt tun, Tabby. Steven kann mich zu dir fahren und ich werde dich abholen. Du kommst nach Hause, Süße."

Ich habe es satt, mich herumstoßen zu lassen. Ich muss für dieses Mädchen kämpfen.

Nachdem ich den Anruf beendet hatte, rief ich Steven an, damit er mich abholte. Wir würden nach Spokane fahren und Tabby zurückholen.

Als ich wieder hineinging, sah Carla mich mit großen Augen an. „Du siehst so anders aus. Da ist Feuer in deinen Augen. Was ist los?"

„Du hast recht. Mit großer Liebe geht großer Schmerz einher. Aber das ist okay. So soll es sein." Ich ging zu ihr und leerte das Weinglas, von dem ich nur einen Schluck genommen hatte. „Ich bin es leid, von Tabbys Großeltern schikaniert zu werden. Ich habe diesen Ring an meinem Finger. Ich bin Alex' Verlobte, nicht nur eine Freundin. Kein Richter auf der Welt würde mir das Recht absprechen, sicherzustellen, dass sein kleines Mädchen an seiner Seite ist, wenn er aufwacht."

„Whoa." Carla war sprachlos. Jedenfalls fast. „Ich hatte keine Ahnung, dass ich jemanden so schnell motivieren könnte. Du hast wirklich die richtige Trauzeugin gewählt."

„Ja, nicht wahr?" Ich tippte an meine Schläfe. „Warum also sollte ich bei dem Menschen, den ich liebe, falsch liegen?"

„Ganz genau." Carla stand auf, um mit mir zur Tür zu gehen, als es klopfte. Es war der Fahrer. „Ich bin hier, wenn du mich brauchst. Geh und hol dein kleines Mädchen ab, Ky. Bring Tabby zu ihrem Vater und kümmere dich um deine Familie."

Genau das habe ich vor.

29

ALEX

Ich lag im Bett und es war so dunkel, dass ich nichts sehen konnte, als ich neben mir Atemgeräusche hörte. Als sich meine Augen an die Dunkelheit gewöhnt hatten, fand ich mich in meinem Haus in Spokane wieder und Rachelle war an meiner Seite. Ihr weiches blondes Haar breitete sich über dem weißen Kissenbezug aus, auf dem ihr hübscher Kopf ruhte.

„Rachelle?" Ich streckte die Hand aus, um sie zu berühren, aber dann verschwand ihr Körper. Leere nahm ihren Platz ein – ein riesiges Loch, bei dessen Anblick ich mich krank und allein fühlte.

„Alex", erklang eine andere sanfte Stimme. „Komm schon, Alex, wach auf."

Ky.

Als ich die leere Stelle auf dem Bett betrachtete, wusste ich, dass ich nicht länger dort bleiben sollte. Mein Leben war noch lange nicht vorbei.

„Bye, Alex", sagte Rachelles Stimme. „Du machst alles richtig. Lebe dein Leben und liebe, als gäbe es kein Morgen. Ich wünschte, ich hätte so gelebt. Ich habe dich geliebt, Alex. Auch wenn ich die Worte selten gesagt habe."

„Ich weiß, dass du das getan hast", flüsterte ich. „Ich habe dich auch geliebt. Ich habe die Worte auch nicht oft gesagt. Aber ich habe daraus gelernt. Ich lasse Tabby jeden Tag wissen, dass ich sie liebe. Ich werde niemals damit aufhören."

„Alex, komm schon, Babe. Ich bin es. Ky. Ich liebe dich. Ich möchte deine wunderschönen blauen Augen sehen. Öffne sie für uns."

„Bitte, Daddy."

Tabby ist hier?

Obwohl es nicht einfach war, zwang ich mich, die Augen zu öffnen. Und da waren meine beiden Mädchen und lächelten. In Kys Augen waren Tränen. „Hi", krächzte ich mit heiserer Stimme. Weil ich sie ein paar Tage nicht benutzt hatte, klang sie seltsam und ungewohnt.

Tabby sah verblüfft aus. „Daddy, geht es dir gut? Was ist mit deiner Stimme passiert?"

Harris legte seine Hand auf die Schulter meiner Tochter. „Er hat seit fünf Tagen nicht mehr gesprochen, Tabby. Es wird einige Zeit dauern, bis seine Stimmbänder wieder in Form sind. Bald klingt er wieder wie dein Daddy."

Ky wollte meine Hand nicht loslassen und ich spürte ihre Wärme. „Ich habe dich vermisst", flüsterte ich. Es fühlte sich besser an zu flüstern, als normal zu sprechen.

„Ich dich auch." Sie zog meine Hand hoch, um sie zu küssen. „Ich bin so froh, dass du wach bist."

Als ich Tabby ansah, fiel mir ein, dass ich gehört hatte, dass ihre Großeltern sie hatten. Wenn diese Erinnerung richtig war ... wie hatte Ky es geschafft, sie zurückzubekommen?

So viele Fragen, aber meine Stimme war noch nicht dazu bereit. „Götterspeise."

Harris nickte. „Ich verstehe. Eine heiße Brühe hilft auch. Keine Sorge, Alex." Als er Ky ansah, nickte er. „Hey, Tabby, willst du mit mir kommen, um deinem Vater etwas zu besorgen, das seinen Hals beruhigt?"

„Ja." Tabby nahm Harris' Hand und er führte sie aus dem Raum, sodass Ky und ich allein waren.

Ky beugte sich vor und küsste meine Stirn. „Du hast mir Angst gemacht. Mach das nie wieder."

Ich nickte. Bei ihrem Anblick schwoll mein Herz an. „Ich werde es versuchen. Du bist so schön. Ich liebe dich so sehr."

Sie wischte sich mit dem Handrücken über die Augen und schniefte. „Das wird die letzte Träne sein, Alex. Jetzt, da du wach bist und dich auf dem Weg der Genesung befindest, habe ich mir geschworen, mit dem Weinen aufzuhören. Du hast schon das Schlimmste geschafft. Du wirst es mit Sicherheit nach Hause schaffen."

Ich erinnerte mich, dass sie gesagt hatte, sie hätte unser Zuhause verlassen.

„Das hast du gehört?" Sie sah fassungslos aus. „Du wusstest, dass ich gegangen bin?"

Ich nickte. „Ich bin froh, dass du zurückgekommen bist. Das ist *dein* Zuhause, Ky."

„Ohne dich und Tabby hat es sich nicht so angefühlt." Sie ergriff meine Hand. „Übrigens müssen wir uns nie wieder Sorgen darüber machen, dass die Vanderhavens Tabby mitnehmen, wenn dir etwas passiert. Ich habe ihnen eine Lektion erteilt."

Ich konnte es nicht glauben. „Was hast du getan?"

Sie lächelte. „Sie hatten Tabby mitgenommen, als sie hier waren, um dich zu besuchen. Die Tatsache, dass ich Tabby bei Chloe gelassen hatte, um hierher zu kommen, machte sie wütend und sie brachten sie nach Spokane und sagten mir, dass sie sie erst nach Hause lassen würden, wenn du auch dort bist. Sie gingen sogar so weit zu sagen, dass sie bei deinem Tod nie mehr nach Hause zurückkehren würde."

Ich hasste es, dass Ky und Tabby das durchgemacht hatten. „Ich werde mich darum kümmern."

Sie schüttelte den Kopf. „Das musst du nicht. Als ich mit Tabby telefonierte, waren sie wie gewohnt mit ihrem eigenen Leben beschäftigt, und Tabby war bei ihrem Butler. Also hat Steven mich dorthin gefahren und ich habe unser Kind zurückgeholt."

Sie hatte Tabby *unser Kind* genannt. „Ich liebe dich so sehr."

„Ich liebe dich auch. Und ich liebe Tabby. Ich bin ihre Mutter. Es ist mir egal, dass wir noch nicht offiziell verheiratet sind. Es ist mir egal, dass ich sie noch nicht adoptiert habe. Sie ist mein Kind und ich liebe sie von ganzem Herzen. Ich bin im wahrsten Sinne des Wortes ihre Mutter. Ich wollte sie nicht dort lassen. Sie musste genauso dringend bei dir sein wie ich."

„Ich brauchte sie auch. Ihre Stimme hat mich dazu gebracht, meine Augen zu öffnen. Danke." Ky hatte es mit den Vanderhavens aufgenommen und gewonnen.

„Es war kein allzu großer Kampf." Ky fuhr mit ihrer Hand über meine Wange. „Ich habe vernünftig mit ihnen gesprochen und ihnen erklärt, dass ich nicht nur der Babysitter ihrer Enkelin bin, sondern in jeder Hinsicht ihre Mutter. Und als sie sahen, wie Tabby sich an mich klammerte, wussten sie, dass ich die Wahrheit sagte. Das hat sie endlich überzeugt."

„Du bist großartig." Manchmal fiel es sogar mir schwer, mich gegen die beiden zu behaupten. Ich zog Ky an mich und schlang meine Arme um sie. „Danke, dass du in unser Leben gekommen bist. Danke, dass du so bist, wie du bist, Ky."

„Hör auf." Sie küsste mich auf die Wange, bevor sie sich aus meinen Armen löste, um sich weitere Tränen aus den Augen zu wischen. „Du bringst mich wieder zum Weinen. Ich breche mein Versprechen."

Als ich sie ansah, wusste ich, dass ich die richtige Entscheidung getroffen hatte, als ich sie bat, mich zu heiraten. Niemand könnte für Tabby und mich perfekter sein. Ich streckte die Hand aus und legte sie auf ihren flachen Bauch. „Hast du schon überprüft, ob du schwanger bist?"

Sie schüttelte den Kopf. „Nicht ohne dich, Alex. Ich würde das nicht tun, ohne dass du da bist."

Meine Augen wanderten zum Badezimmer. „Mach es jetzt."

„Ich muss einen Test kaufen." Sie sah mich mit funkelnden Augen an. „Ich bin ein paar Tage überfällig. Das könnte aber am Stress liegen."

„Könnte sein." Ich nickte. Ich wollte wissen, ob sie schwanger war.

Meine Geduld war nicht so ausgeprägt, wie es normalerweise der Fall war. „Bitte kaufe einen Test und komme dann zurück. Ich muss endlich Bescheid wissen."

„Ich gehe gleich." Sie sah über ihre Schulter. „Was ist mit Tabby?"

„Ihr geht es hier bei mir gut. Die Krankenschwestern können helfen. Geh nur." Was war los mit mir? Aber ich konnte nicht aufhören, an das Baby zu denken.

Nach einem Kuss zum Abschied ging Ky davon und ich sah ihr in dem Wissen nach, dass unsere Liebe Bestand haben würde. Rachelle war weg. Niemand konnte sie jemals zurückbringen. Sie hatte mich nicht wirklich besucht. Das alles hatte sich in meinem verletzten Gehirn abgespielt. Aber es hatte sich gut angefühlt, als sie mir sagte, ich solle Ky lieben, als gäbe es kein Morgen.

Vielleicht fehlte mir deshalb die Geduld. Ich wusste nicht, ob ein Morgen kommen würde, und wollte so schnell wie möglich alles erleben.

Harris und Tabby kamen zurück und Tabby fragte: „Wo ist Ky?"

„Ich habe sie auf eine Besorgung geschickt", sagte ich zu ihr.

Harris zog den Tisch zu mir und stellte die Götterspeise darauf. „Glaubst du, du kannst eigenständig essen?"

Ich bewegte meinen Arm nach oben, um ihn auf den Tisch zu legen, aber es kostete mich viel Kraft. „Mann, das ist schwierig."

Tabby sprang auf das Bett und nahm den Löffel. „Ich werde dich füttern, Daddy. Mach dir keine Sorgen."

Tränen brannten in meinen Augen und auch Harris musste die Tränen zurückhalten, die in seine Augen getreten waren. „Oh, verdammt." Er schüttelte den Kopf. „Ich lasse euch beide jetzt allein. Drücke den Knopf, wenn du etwas brauchst."

„Mach den Mund weit auf, Daddy", sagte Tabby, als sie das grüne Zeug aus dem Becher schaufelte. „Das ist gut für dich."

Ich tat es und versuchte, nicht bei jedem Löffel, den sie mir gab, zu weinen. Aber es war nicht einfach. Und als eine Träne herausrutschte, sah ich den fragenden Ausdruck in ihren Augen. „Daddy freut sich nur, dich zu sehen, Tabby."

Sie zuckte mit den Schultern. „Oh, okay. Ich habe dich so sehr vermisst." Sie fütterte mich weiter. „Ky hat mich abgeholt. Ich war so glücklich. Sie hat mir erzählt, dass du geschlafen hast."

Ky kam mit einer kleinen braunen Tüte in der Hand ins Zimmer zurück. Sie hielt sie hoch. „Ich habe es." Ihre Augen wanderten über Tabby und mich.

„Seine Hände funktionieren nicht." Sie lächelte. „Ich bin ihm eine große Hilfe."

„Ja, das bist du." Ky sah mich mit einem strahlenden Lächeln an. „Also los. Bald werden wir wissen, ob wir den Job erledigt haben oder es weiter versuchen müssen."

Ich nickte, als Tabby mir noch einen Löffel gab.

In ein paar Minuten werden wir wissen, ob ich wieder Vater werde.

30

KY

Das Wetter war perfekt, der Himmel leuchtete strahlend blau über den hohen Kiefern und der Duft von Rosen erfüllte all meine Sinne, als ich mit meinem Vater am Ende des grünen Teppichs stand, der zu meinem zukünftigen Mann führte.

Alex sah gut aus, als er auf mich wartete. Aber zuerst warf Tabby rote Rosenblätter, die zu den roten Rosen auf ihren Schuhen passten. Sie ging langsam, wie wir es geübt hatten, als sie eine Handvoll Rosenblätter nach der anderen nahm.

Als sie zu ihrem Vater gelangte, gab sie meiner Trauzeugin Carla den kleinen Korb, den sie trug. „Hier, Carla." Dann hielt sie die Arme hoch, damit Alex sie hochheben konnte. „Hier bin ich, Daddy."

Unsere Gäste lachten leise, als Alex seine Tochter hochhob. „Bist du bereit, dass Ky Teil unserer Familie wird, Tabby?"

Sie nickte und Tränen stiegen in meinen Augen auf, als sie sagte: „Ich bin bereit."

Bei Alex' Nicken drang der Hochzeitsmarsch aus den Lautsprechern und mein Vater führte mich den Gang hinab, während ich versuchte, nicht laut zu weinen. Tränen liefen mir über die Wangen, als ich zu Alex ging.

Mein Vater flüsterte: „Du wirst sehr glücklich sein, Ky." Er küsste meine Wange durch den Schleier, der mein Gesicht bedeckte, und ließ mich dann los, bevor er sich neben meine Mutter setzte.

„Ich weiß." Ich reichte Carla den Strauß roter Rosen. Sie lächelte mich an. „Danke."

Sie nickte. „Bitte."

Niemand wusste, dass ich in Panik geraten war, als Alex im Krankenhaus gewesen war. Carla hatte es geheim gehalten. Ich wollte nicht, dass Alex erfuhr, wie verängstigt ich gewesen war und dass ich sogar mit dem Gedanken gespielt hatte, die Hochzeit abzusagen.

Als ich mich zu meiner Familie umdrehte, musste ich nach Alex' Hand greifen, weil meine Knie schwach wurden. Er nahm meine Hand, hielt sie fest und sah mich an. „Hey, ich liebe dich, Ky. Alles wird gut."

„Ich glaube dir." Wir wandten uns dem Friedensrichter zu, den wir engagiert hatten, um uns zu trauen.

Der Rest war ein Wirbelwind aus leise gesprochenen Worten, die uns und alle anderen wissen lassen sollten, wie ernst es uns war, diese Ehe zu einem Erfolg zu machen. Als es vorbei war und Alex gesagt wurde, er könne die Braut küssen, rief Tabby: „Ich zuerst." Ihre weichen Lippen berührten meine Wange. Dann flüsterte sie die süßesten Worte: „Ich liebe dich, Mommy."

Die Tränen waren unaufhaltsam und ich ließ sie fließen, als ich sie auf die Wange küsste. „Ich liebe dich auch, mein kleines Mädchen."

Alex setzte Tabby ab und Carla nahm ihre Hand, als er mich in seine Arme nahm. Seine Augen hielten meine fest, als er näherkam. „Ich werde dich immer lieben, Ky Arlen."

„Ich werde dich auch immer lieben, Dr. Arlen." Unsere Lippen berührten sich und Feuer schoss durch mich hindurch.

Ich bin Alex' Ehefrau!

Er hob mich hoch und trug mich den Gang hinunter, als alle jubelten. Es war magisch! Und als ich Rebecca Vanderhaven sah, die ihre Tränen abtupfte und „Glückwunsch" flüsterte, wusste ich, dass sie auf unserer Seite war.

Ich flüsterte: „Danke."

Die Tatsache, dass Tabbys Großeltern zu unserer Hochzeit gekommen waren, freute uns. Wir konnten jetzt eine richtige Familie sein. Das war alles, was ich jemals wollte – dass wir eine Familie wurden, die sich liebte und umeinander kümmerte.

Alex blieb stehen, als wir am Ende des grünen Teppichs ankamen, und drehte sich zu unseren Gästen um. „Ich danke euch allen, dass ihr gekommen seid. Wir sind gesegnet, dass wir so vielen Menschen wichtig sind. Ky zu meiner Familie hinzuzufügen ist eines der besten Dinge, die ich jemals getan habe. Und wir haben Neuigkeiten." Er nickte in Tabbys Richtung. „Tabby, du kannst sie jetzt allen verkünden, Schatz."

Tabby streckte ihre Arme Carla entgegen. „Hebst du mich hoch, Carla?"

„Sicher." Carla tat es und küsste sie auf die Wange. „Du bist süß."

„Danke", sagte Tabby. „Du bist auch hübsch."

Andrew, der Alex' Trauzeuge war, nickte. „Ja, das ist sie."

Tabby kicherte. „Onkel Andrew mag dich."

Ich lachte und sagte: „Die große Neuigkeit, Tabby. Komm schon, die Leute warten und dein Vater kann mich nicht mehr lange so festhalten."

„Das kann ich sehr wohl", sagte Alex und hob mich noch höher. „Siehst du? Überhaupt kein Problem."

„Sei vorsichtig, Daddy!", rief Tabby. „Okay, die große Neuigkeit." Alle verstummten und richteten ihre Augen auf Tabby, als sie verkündete: „Wir bekommen ein Baby!"

Noch mehr Jubel ertönte und Alex küsste mich noch einmal. „Wir werden eine großartige Familie sein, Ky. Versprochen."

Ich glaubte ihm.

ENDE

Erstellt mit Vellum

CPSIA information can be obtained
at www.ICGtesting.com
Printed in the USA
BVHW040856110321
602274BV00006B/117